못된 정신의 확산

이 도서의 국립중앙도서관 출판시도서목록(CIP)은 서지정보유통지원시스템 홈페이지(http://seoji.nl.go.kr)와 국가자료공동목록시스템(http://www.nl.go.kr/kolisnet)에서 이용하실 수 있습니다.(CIP제어번호: CIP 2015008044)

못된 정신의 확산

박영란 지음

북멘토

차례

1부

조를 만나다, 날카로운 봄

*

   조는 신지구 '센캐' 중 한 명이었다. 어쩌면 가장 '센 캐릭터'였을 것이다. 조는 우리 학교뿐 아니라, 이 지역을 통틀어 몇 안 되는 유명 인사였으니까.

   어느 날 오후였다. 잘각잘각 방울 소리가 교실 안으로 들어왔다. 폰에 방울을 매달고 다니는 건 여자애들 사이에서 유행이었는데 조의 것은 찌그러진 소리였다. 그러니까 찌그러진 방울 소리가 나면 가까이에 조가 있다는 얘기였다.

   한번은 대담한 누군가가 조에게 물었다고 한다.

   소리가 왜 그래?

   그때 조가 미간을 찌푸리면서 이렇게 답했다고 한다.

   상처가 있어.

   질문한 아이를 쳐다보면서 조가 희미하게 웃었는데, 그즈음 조를 따라다니던 소문을 긍정하게 만드는 웃음이었다고 한다. 당시 조는 경쟁 상대인 여자애를 이기고, 이 지역 최고 센캐가 되었다. 상대를 얼마나 험하게 다뤘는지 동네를 떠나게 만들었다는 소문까지 있었다. 아니 동네를 떠난 것으로도 모자라, 아예 유학을 갔다고 했다. 조의 방울은 그 여자애와 싸울 때 찌그러졌다고 한다. 그 뒤 조는 찌그러진 방울이 내는 소리를 마음에 들어 해 계속 달고 다닌다고 했다. 그런 소문을 거치면서 조의 방울 소리는 마력을 갖게 되었다. 잘각잘각 소리가 다가오면 아이들은 오싹한 기운을 느낀다고 했다.

조의 방울 소리가 내 곁에 와서 멈췄다. 나는 조를 올려다보았다. 그러자 조가 내 짝의 어깨를 톡톡 두드렸다. 짝이 비켜 준 의자에 앉아 몸을 내 쪽으로 튼 조가 물었다.

점심은 먹었니?

그건 왜?

나는 퉁명하게 답했다. 그런 나를 보고 픽, 웃으면서 조가 말했다.

오늘 힘들어 보이네. 무슨 일 있어?

아니.

다행이다. 난 늘 네 걱정을 해.

조는 여전히 나를 쳐다보며 말했다.

왤까?

조가 내 팔을 살짝 꼬집으면서 일어섰다. 그리고 속삭였다.

문자할게.

그날 이후 조는 거의 매일 나를 찾아왔다. 조가 나를 보기 위해 우리 교실에 드나든다는 소문은 금방 퍼졌다. 아이들은 내가 나타나기만 하면 수군거렸지만 개의치 않았다. 수군거리는 아이들쯤은 내게 아무런 위협도 되지 않았다.

어차피 외톨이 생활이 편했다. 왕따까지는 아니었지만, 특별히 어울려 다니는 아이들이 있는 것도 아니었다. 어쩌면 위험할 수도 있었다. 조 같은 아이들이 나를 괴롭히기로 마음먹는다면 시달릴 공산이 컸다.

하지만 누구든 함부로 건드리지 못할 것이다. 나한테는 중2 때 만든 '전설'이 있었다. 내 덩치 때문에 생긴 사건이었는데, 이제는 그 사건이 나를 보호해 주는 셈이었다.

나는 거구다. 누구든 나를 보면 흠칫 놀랄 정도 되는 덩치다. 그렇다 해도 외톨이라는 입장은 위험이 따라다니기 때문에 늘 긴장했던 건 사실이다.

혼자 산 뒤부터 친구 만드는 일은 의도적으로 피했다. 친구를 만들면 왜 혼자 사는지에 대해 구구절절 말해야 할 테니. 그건 좀 성가신 일이었다.

*

혼자 산 건 엄마와 아버지가 이혼하면서부터였다. 두 사람은 이혼하고 각각 새로운 가정을 꾸릴 예정이었다. 아버지는 오래전부터 만나 오던 상대와 다른 도시에 가서 살기로 했다. 엄마역시 다른 아저씨와 결혼을 약속했다. 나는 두 가정 중 한쪽을 선택해야 했다. 그건 어려운 일이었다. 내가 선택하는 쪽이 더옳다고 믿는 분위기였으니까. 생각 끝에 나는 통보했다.

혼자 살래요. 집 얻어 주세요.

엄마와 아버지는 당황했다. 엄마는 끝내 눈물을 흘렸다. 두 사람의 이혼이 나를 냉정한 성격으로 만들었다는 자책과 함께. 엄마는 내가 자신을 선택해 주기를 바랐다. 하지만 나는 둘 중 누구도 선택하지 않았다.

엄마는 나를 향해,

못됐다.

했다.

아버지 역시 엄마와 같은 생각인 것 같았지만 입 밖으로 말을 꺼내지는 않았다.

혼자 살래요.

나는 고집스럽게 그 말만 되풀이했다. 그러자 엄마와 아버지는 진지하게 고민하기 시작했다.

결론은 이렇게 났다. 아버지는 다른 지방에 가서 살아야 하니 엄마가 사는 아파트 가까이에 내가 살 집을 마련해 주기로 했다. 아버지를 따라 낯선 곳에 가는 것보다 익숙한 동네, 다니던 학교, 그나마 엄마가 훤히 내려다볼 수 있는 곳에 날 살게 하는 게 좋겠다는 판단이었다.

얼마 뒤, 나는 창문만 열면 엄마가 사는 아파트가 훤히 올려다보이는 원룸 건물 4층으로 짐을 옮겼다.

어차피 곧 고등학생이 될 거고, 그러면 공부에 매진해야 할 거다. 그러니 공부방을 집에서 좀 떨어진 곳으로 옮겼다고 생각하면 그만이었다. 무엇보다 '아저씨'와 한집에 산다는 건 힘들게 뻔했다.

독서실에서 매일 밤을 새는 친구들도 있어요.

엄마 마음을 좀 편하게 해 주기 위해 내가 답했다.

어차피 3년 뒤면 하게 될 거, 조금 먼저 독립했다고 생각하자.

이모가 거들어 주었다.

혼자 산 이후 지난 1년 동안 친한 친구를 만들지 않았다. 친한 친구를 만들면 집에 데려와야 할 일이 생기고, 그러면 혼자 사는 게 소문나는 건 시간 문제였다.

*

　조가 우리 교실에 들락거리기 시작하고 한 달 정도 지난 어느 날이었다. 자정이 다 되어 가는 시간에 나는 집 근처 편의점에 갔다.

　편의점 앞 파라솔 아래에 조와 그 패거리들이 모여 있었다. 조 패거리뿐 아니라 남자애들도 있었다. 몇 명은 앉고, 대개는 서서 담배를 피우기도 하고, 서로의 배를 주먹으로 치거나 허리를 꺾는 장난을 하고 있었다. 그 애들은 시시한 장난을 중요한 일이라도 되는 양 열중이었다.

　그 편의점을 그냥 지나치려 했다. 한 구역 떨어진 곳에 있는 마트를 이용하면 그만이었다. 그 애들과 마주치는 게 성가셨다. 그런데 파라솔 아래에서 남자아이들한테 둘러싸여 있던 조가 나를 향해 팔을 번쩍 들었다. 그 순간 나는 공연히 튀어 보일 것 없이 그 편의점을 이용하자 싶었다. 아무렇지도 않은 듯 편의점을 향해 걸었다. 나무 데크에 올라서자 조가 다가오면서 물었다.

　뭐 사러 왔어?

　내가 문을 열고 들어가니 조가 따라 들어왔다. '잘각'거리는 방울 소리가 들렸다. 조가 내 등 뒤에 바짝 붙었다. 나는 별 대꾸 없이 생리대를 집어 들었다. 그러자 조가 내 등을 탁, 쳤다. 순간 진땀이 났다. 사거리 마트로 가지 않은 것을 후회했다.

계산대 위에 생리대를 올리자, 조가 언제 들고 왔는지 캔 맥주 한 묶음을 옆에 올렸다.

사 줄래? 지금 돈이 다 떨어졌네.

나는 소의 커다랗고 위협적인 눈 내문에 쩔쩔맸다. 아이라인을 지우고 컬러렌즈를 빼면 아무것도 아니라는 것을 알면서도 그랬다. 나는 맥주를 생리대 쪽으로 밀고, 지갑을 열었다. 사 주겠다는 의사 표시였다. 조가 창밖을 향해 손짓을 했다. 그러자 패거리에 섞여 있던 남자가 편의점 안으로 들어왔다. 느물거리며 웃는 게 습관이 된 남자였다. 고등학생도 성인도 아닌 듯한 남자가 지갑에서 주민등록증을 빼내 계산대 알바 앞에 들이댔다. 맥주를 사려면 성인 인증이 필요하기 때문이었다. 계산을 마치고 나오는데 조가 물었다.

너 이 근처 살아?

그래.

난 또 구지구에 사는 줄 알았지.

나는 이게 조 식의 농담인지, 나를 조롱하는 것인지 알 수 없었다. 내가 조를 돌아봤다. 그러자 조가 내 어깨를 슬쩍 밀면서 물었다.

어디? 저 언덕 위 아파트?

나는 엉겁결에,

아니, 그래.

답했다.

무슨 뜻?

그렇다는 말이야.

그래?

조의 눈이 새로운 흥밋거리라도 발견한 것처럼 반짝거렸다.

집에 누구누구 있어?

조가 여전히 등 뒤에 바싹 붙은 채 따라 나오면서 물었다.

엄마.

나는 간단하게 대답했다.

엄마 없을 때 놀러 가도 돼?

어딘지 집요하게 묻는 것 같았다. 나는 대답하지 않고 서둘러
계단을 내려와 걸었다. 어떤 말이든 한마디만 하면 조가 그 빠른
눈치로 내 사정을 알아챌 것만 같았다. 다행히 조는 편의점 계단
아래까지 따라 내려오지는 않았다.

우리 내일 구지구에 갈 건데 같이 갈래?

나무 데크에 서서 조가 불쑥 물었다. 딱히 나를 향해 묻는 것
같지는 않았다. 자기 패거리한테 묻는 투였다. 그래서 나는 뒤도
돌아보지 않고 걸었다.

등 뒤에서 '휘익' 소리가 났다. 곧 조의 목소리가 다시 들렸다.

잘 알았어!

뭘 알았다는 것인지 알 수 없었다. 몇 번 더 휘파람 소리가 나더니 조가 외쳤다.

낼 보자!

나는 빨리 걸었다. 골목 모퉁이를 돌면서부터는 뛰었다. 기분 나쁜 애들이었다. 조 혼자라면 괜찮았다. 하지만 조는 늘 저 패거리와 어울려 다니는 게 문제였다. 하긴, 패거리가 없는 조는 생각할 수도 없었다.

*

학원가인 사거리는 구지구와 신지구를 가르는 축이었다. 사거리를 중심으로 한쪽은 구지구, 다른 쪽은 신지구였다. 원래 이곳은 소규모 공장과 저층 건물, 주택 들이 있던 작은 지역이었다. 이 지역 반대편에 있던 농지와 야산에 대규모 아파트 단지가 들어서서 신지구를 형성하자, 원래 있던 지역은 자연스럽게 구지구가 되었다.

하지만 구지구도 곧 사라질 예정이었다. 구지구 전체가 대단지 아파트 부지로 정해져 곧 철거될 계획이었다. 사람들이 빠져

나간 구지구에 갈 일은 거의 없었다. 거긴 조 패거리들이나 몰려가는 곳이었다. 구지구는 조 같은 애들한테 일종의 해방구나 마찬가지였다. 거길 같이 가자고 하다니, 나를 자기 패거리로 생각하는 건가?

밤에 학원 옥상에서 구지구 쪽을 바라본 적이 있었다. 구지구 쪽은 신지구 쪽과 확연하게 달랐다. 일단 캄캄했다. 몇몇 군데 불이 켜져 있었지만, 사람이 사는 곳은 아니었다. 방범용이었다. 조는 구지구 어딘가에 있을 것이었다. 그 애들이 어두운 구지구에서 뭘 할지는 뻔했다.

*

다음 날은 조가 교실로 찾아오지 않았다. 마지막 시간까지 조가 오지 않자 짝이 중얼거렸다.

오늘은 안 오나 보다.

그러자 앞에 앉은 아이 둘이 동시에,

잘각잘각…….

흉내 내면서 웃었다. 나뿐 아니라 반 아이들이 모두 조를 기다린 모양이었다.

*

엄마와 아저씨가 사는 아파트는 예전에 우리 식구가 살던 아파트와 평수나 구조가 비슷했다. 엄마의 취향 탓인지 두 집의 분위기도 거의 같았다. 엄마는 원목 가구를 좋아했고, 잎이 무성한 식물을 좋아해서 베란다가 마치 식물원 같았다. 장식장 위에는 '다육종' 선인장들이 무리 지어 놓여 있었다. TV와 선인장 화분들은 예전 것 그대로였다. 바뀐 것이 있다면, 소파 정도? 예전엔 회색 천 소파였지만, 지금은 크림색 가죽 소파로 바뀌었다. 엄마는 몇 가지 소품과 상대역만 바뀐 무대 위에서 연기하는 배우 같았다.

그런데 이번에 새로운 등장인물이 곧 탄생할 모양이었다.

언제 낳아?

내가 물었다.

다음 주에. 수술 날짜 잡혔어.

엄마는 아기를 낳고 산후조리원에 있을 동안 내가 쓸 생활비와 먹을 반찬을 챙겨 주었다. 오이소박이, 장조림, 멸치 볶음, 오징어채 무침, 냉동 돈가스, 구운 김 같은 것들이었다.

밥 거르지 말고 꼬박꼬박 챙겨 먹어.

나는 웃었다.

사실 나한테 제대로 된 엄마 노릇을 하려면 밥 챙겨 먹으라는 소리가 아니라, 제발 밥은 줄이고 살을 좀 **빼야** 하지 않겠냐, 몸 꼴이 그게 뭐냐는 잔소리를 해야 마땅했다.

걱정 마!

엄마가 나를 잠시 **빤히** 쳐다보았다. 엄마 시선을 모른 체하면서 내가 물었다.

아들이래, 딸이래?

아들이라는데 낳아 봐야 알지.

좋겠다.

뭐가?

아들 낳고 싶어 했잖아.

아들 딸 안 가려. 아니 딸이 더 좋아.

엄마와 나는 식탁에 마주 앉아 밥을 먹었다. 엄마는 밥을 먹을 때면 맥주를 한 잔씩 마셨는데, 요즘은 아기 때문인지 마시지 않았다. 나는 엄마의 얼굴을 흘끔 보았다. 기미가 잔뜩 덮여 한두 달 사이에 눈에 띄게 나이가 들어 보였다. 물었다.

아저씨는?

요즘 정신없지 뭐.

카페 잘돼?

그럭저럭.

엄마 먹여 살릴 수 있을 만큼은 버냐고?

엄마가 풋, 웃고 나서 잠시 나를 건너다보다가 아주 조용히 말했다.

아저씨가 그 일에 마음을 안 쏟아.

왜?

좋아하는 일이 아니라서 그렇겠지…….

뭘 좋아하는데…….

엄마가 턱으로 아저씨 서재를 가리켰다.

그럼 그 일하지 왜 카페를…….

그 일론 먹고사는 게 불가능하니까.

안됐네.

…….

아저씨가 좋아하는 게 뭐였는데?

엄마가 다시 턱으로 아저씨 서재를 가리켰다.

아, 저 방에 있는 게 모두 아저씨 책들이지?

그러자 엄마가 손가락을 물에 적셔 내 얼굴에 튕겼다. 우리는 가볍게 웃고 나서 밥을 마저 먹었다.

밥을 먹고 난 뒤 서재에 들어가 양쪽 벽면을 꽉 채운 책들을 둘러보았다. 흥미로운 책도 있었지만 빌려 오지는 않았다. 아직은 아저씨한테 아쉬운 소리를 하고 싶지 않았다. 나 때문에 엄마가 아쉬운 소리를 하는 것도 싫었다. 언젠가 아저씨와 친해지면 내가 직접 말할 것이다.

반찬이 가득 든 종이 가방을 들고 내 방으로 돌아왔다. 종이 가방을 식탁 위에 던져두었다가 몇 시간이 지나서야 냉장고에 챙겨 넣었다.

*

며칠 뒤, 밤이었다.

뭐해?

조의 문자였다. 나는 조를 싫어하지 않았고 조 역시 나에게 관심을 보였지만, 우리 관계는 학교 안에서가 전부였다. 학교를 벗어났을 땐 우연히 마주치면 모를까 따로 만날 일은 없었다.

나는 답을 할까 말까 망설였다. 어쩐지 조와 문자를 주고받는 게 시시하다는 생각이 들었다. 조와 나 사이에 할 말이 뭐 있나. 나는 조가 보낸 문자를 잠시 들여다보았다. 뭐해? 이 문자는 심심풀이 상대가 필요하다는 뜻일 것이었다.

4차원 뭐하냐고?

다시 조의 문자였다. 조가 나를 4차원이라고 했다. 4차원이 무슨 의미인지 나도 알고 있었다. 조가 쓰는 4차원이라는 말은 놀지도 못하고, 공부도 안 되고, 외모도 처지고, 돈도 없는 아이들이 자기 존재감을 지키기 위해 '신비주의'나 '특이한 캐릭터' 가면을 쓰거나, 아니면 '오타쿠'의 세계로 들어가 버리는 경우일 것이다. 하지만 정말 뼛속까지 4차원인 아이도 있기 때문에 함부로 말할 것은 아니다. 그런 아이늘의 성신 세계는 이해할 수도, 판단할 수도 없다.

아무튼 나는 4차원은 아니었다. 4차원의 가장 기본적인 조건이 어딘가 '사이보그' 같은 분위기를 풍겨야 한다는 점을 감안하면, 나는 너무나 인간적이다. 질리도록 인간적인 생김새다.

그러니까 조가 나한테 '4차원'이라 부르는 이유는 친절 아니면 조롱이었다. 어쩌면 친근감의 표현일 수도 있었다. 뭐든 상관없었다.

자려고.

나는 답을 보냈다. 그러자 즉각 답이 날아왔다.

벌써?

응.

노래방인데, 올래?

엄마한테 허락받기 귀찮아.

답을 보낸 뒤, 이제 문자가 와도 더 이상 대꾸하지 않겠다고 생각했다. 그런데 잠시 뒤,

웃긴다.

라는 조의 답이 왔다. 뭐가 웃긴다는 건가. 나는 '웃긴다'라는 글
자를 한참 들여다보다가 폰을 쿠션 위로 던졌다.

나는 침대에 누워 조를 떠올려 보았다. 블루블랙으로 염색한
머리칼을 길게 늘어뜨려 온통 얼굴을 가리고 다니는 조. 지독히
불량하고 섬뜩한 분위기마저 풍기는 조. 하지만 나를 향해 웃을
땐 어린애 같은 조.

나는 조 패거리의 생활을 대략 알고 있었다. 그 애들은 토요일
이면 밤새 노래방이나 구지구에서 놀다가 새벽이 되면 골목을
쏘다닌다. 그 애들은 함께 모여 놀 장소를 찾아다니느라 늘 혈안
이 되어 있다. 하지만 모여 놀 장소는 마땅치 않다. 그래서 궁여
지책으로 편의점 앞 파라솔 아래 진을 치는 날도 있다. 그렇게
밤을 보내고 날이 밝아 오면 각자 집으로 돌아간다.

그 애들에 관한 소문은 학교 전체에 가십처럼 떠돈다. 그 애들
은 학교라는 사회에 기생하는 일종의 유명 인사들이다. 보통 아
이들은 그 애들처럼 살지 못한다. 그러려면 굉장한 용기가 필요
하다. 어떤 선을 넘어야 한다. 다시는 평범한 삶으로 돌아올 수
없는 그들만의 세계로 완전히 들어가야만 한다. 그래서 보통 아
이들은 그 애들처럼 살지 못하지만, 그 애들에 관한 소문에는 열
광한다.

나는 조를 좋아했다. 조가 마음에 들었다. 하지만 조와 함께 몰려다니는 패거리들은 싫었다. 조를 뺀 나머지 아이들은 사실 조처럼 치명적이지 못했다. 조 같은 불량기도, 표독한 눈빛도, 그래서 선생님마저 주눅 들게 하는 어떤 무시무시한 분위기가 없었다. 그 애들은 그저 조의 시녀들이다. 다만 거칠 뿐이었다. 싸구려 불량기를 흘리고 다닐 뿐이었다. 그 패거리에서 조가 빠진다면, 바로 시시하고 껄렁한 그저 그런 집단으로 전락할 것이었다.

조.

기분 좋아진 고양이처럼 갸르릉거리면서 웃는 모습, 내 곁으로 다가올 때 '잘각잘각'거리는 방울 소리, 어딘지 쓸쓸한 기분이 들게 만드는 향수 냄새, 가늘고 흰 팔목, 긴 종아리, 관심 없는 사람에게 보이는 싸늘한 표정, 수학 점수 20점을 받고도 아무렇지도 않게 점수를 입 밖으로 꺼내는 천진난만함.

조.

그 놀랍도록 불량한 걸음걸이, 의심스러운 일이 생기면 싸늘하게 고개를 갸웃하는 습관, 그럴 때 드러나는 표정, 암흑과 매연과 진흙이 뒤섞인 듯 검고 탁한 눈동자, '오션블루'라는 이름을 가졌다는 조의 향수, 건조한 붉은 입술로 빨아 당기고 뱉어 내는 담배 연기, 긴장하면 손톱을 사정없이 물어뜯는 행동, 마음에 드는 사람한테만 보여 주는 묘한 웃음, 뭔가에 기분이 상했을 때 팬티 보이는 것쯤은 상관 않겠다는 듯 대로변에 쪼그리고 앉아 피우던 담배, 다 피운 담배를 차들을 향해 내던지는 돌발 행동. 보통 아이들이 절대 하지 못할 행동들을 서슴없이 해치움으로써 늘 자신의 존재를 새롭게 부상시켜 나가는 조, 그 싸구려, 그 저질스러움, 그 모욕, 그런 조.

조에 관한 그 모든 것을 생각하다가 잠이 들었다.

*

일요일이었다.

누군가 현관문 두드리는 소리에 눈을 떴다. 주위는 깜깜했다. 나는 휴대폰을 집어 들어 시간을 확인했다. 새벽 세 시였다. 이 시간에 문을 두드릴 사람은 엄마뿐이었다. 하지만 엄마는 내일이면 아기를 낳으러 병원에 가야 한다. 혹시 엄마한테 무슨 일이 생긴 건가? 엄마라면 비밀번호를 알고 있을 텐데, 생각하면서 문가까이 다가가 물었다.

누구세요?

순간 밖에서 '잘각' 하는 방울 소리가 났다. 그리고 뒤이어 조의 목소리가 들렸다.

나야.

잠시 망설였다. 나는 조를 싫어하지 않았다. 아니 좋아하기까지 했다. 하지만 일요일 새벽에 갑자기 찾아와 문을 두드려도 되는 사이는 아니었다. 조가 어떻게 여길 알아냈을까? 그 생각을 하며 나는 망설였다.

생각보다 오래 망설인 모양이었다.

문 좀 열어 봐. 나 혼자야.

엄마 있어서 안 돼.

혼자 있는 거 알아.

조 특유의 차갑고 툭, 툭, 끊어지는 목소리가 또렷하게 들렸다. 나는 문을 열었다. 정말 조 혼자였다. 거짓말이 아니어서 다행이었다. 조가 열린 문 안으로 재빨리 들어서면서 중얼거렸다.

너무 늦어서 집에 들어갈 수가 있어야지. 할머니 혼자 있는데, 깨울까 봐. 우리 할머니 한번 깨면 잠을 잘 못 자거든.

그러곤 갓 태어난 나비처럼 연약하게 웃었다. 웃음은 연약해 보였지만, 얼굴은 전체적으로 푹 꺼져 있다는 느낌이 들었다. 조의 눈 밑과 이마와 관자놀이와 볼 전체가 어두웠다.

우리 집 어떻게 알았어?

밖을 한번 살핀 뒤 문을 닫으면서 내가 물었다.

전부터 알고 있었어.

글쎄, 어떻게?

화내니까 역시 무섭구나, 너!

말해…… . 어떻게 알았어?

전에 네 뒤를 밟았어. 내가 아니고 다른 애가. 편의점에서 맥주 사 준 날.

그럼 다른 애들도 알고 있어?

그런 셈이야.

조가 킥킥 웃었다.

뭐야, 그 웃음.

혼자 사는 거 소문낼까 봐 겁나?

그건 아니야. 당장이라도 엄마 아파트로 들어갈 수 있어. 내가 원해서 여기 있는 거야. 고등학생이니 공부도 해야 하고.

조가 방 안을 휘 둘러보면서 말했다.

혼자 사는 게 잘못은 아니지.

조는 태연히 내 침대에 걸터앉더니 매트 상태를 테스트라도 하듯 엉덩이를 들썩거렸다.

침대 좋은 거네. 방도 잘 꾸며 놨고.

왜 왔어. 이 시간에?

말했잖아. 할머니 깨우기도 싫고, 이 시간에 가 봐야 잔소리만 들어. 난 할머니랑 둘이 살잖아. 불쌍한 처지니까 좀 봐주라.

조답지 않은 설명이 끝나자 내가 단호하게 알렸다.

오늘 한 번만이야. 엄마 알면 당장 집으로 들어가야 돼.

조가 나를 빤히 쳐다보았다. 핏발이 선 흰자위, 무섭도록 검고 큰 눈동자였다. 컬러렌즈 때문에 동공이 짐승 같았다.

아, 나 좀 그만 내버려 둬라.

조가 투덜대면서 침대에 드러누웠다. 눕자마자 금방 잠든 것 같았다. 허락도 없이 남의 침대를 차지하고 누운 조를 내려다보다가 나는 불을 껐다. 그리고 패드를 한 장 꺼내 바닥에 깔고 누웠다. 시간이 아주 느리게 흘러가는 것 같았다.

얼마 뒤 나는 일어나 앉았다. 잠을 못 잘 바에야 책이나 보자 싶었다.

하지만 조가 너무 곤하게 자고 있었기 때문에 형광등을 켤 수는 없었다. 나는 조용히 일어나 책상 위 스탠드를 켰다. 그리고 의자에 앉았다. 의자가 순간적으로 '삐걱' 뒤틀렸다. 조가 약간 몸을 뒤척이는 듯하더니, 곧 다시 잠에 빠져들었다. 조는 어딘지 표독한 고양이 같은 데가 있었다. 이리저리 흩어진 머리칼, 피노키오 성형을 한 것처럼 유난히 끝이 올라온 코, 붉은 틴트가 깊이 배어든 건조한 입술, 흰 목덜미, 분홍색 팔꿈치, 풋복숭아 같은 어깨. 나는 처음으로 조의 전체 모습을, 무방비 상태로 내 앞에서 잠들어 있는 조를 지켜보았다.

사실, 조는 불량한 애들 중에서도 최고 '악질'에 가까웠다. 아니, 조를 둘러싼 소문이 악질이었다. 내가 아무리 조를 좋아한다고 해도 조의 그 악질적인 소문까지 감당할 수는 없었다.

조의 소문은 중학교 1학년 때부터 시작되었다.

중학교에 입학하자마자 조는 같은 학교 3학년 남자 선배 눈에 들었다. 그 선배는 '일진'의 톱이었다. 그 선배는 발렌타인데이를 기점으로 조를 확실히 자기 여자로 찍어 온 교내에 알렸다. 이른 아침, 중1짜리 여자아이로서는 생각지도 못한 선물과 꽃을 조의 책상 위에 잔뜩 올려놓고 등교하기를 기다렸던 것이다. 조의 자리 근처에는 그 선배의 패거리들이 사열을 하듯 둘러서 있었다. 그 선배는 반 아이들을 모두 복도로 내쫓고 오직 조만을 기다리고 있었다. 조가 교실로 들어서자 복도에서 구경하던 아이들이 휘파람을 불어 댔다. 조는 순식간에 여신이 되었다.

조가 달라진 건 그때부터였다고 한다.

조는 학교 '1짱'의 공식적인 여자 친구가 되었다. 중3 여자 선배들도 조를 함부로 대하지 못했다. 하지만 조의 위세는 오래가지 못했다.

해가 바뀌어 조의 연인이 학교를 떠나자 조의 위치도 흔들리기 시작했다. 게다가, 고등학생이 된 조의 연인은 다른 연인을 찾았다.

조의 연인이 새로 찾은 짝은 노는 애들과는 아무 상관도 없는 평범한 고등학교 1학년 여학생이었다.

조는 그때 중2에 불과했지만, 가만있지 않았다.

조는 그동안 만들어 놓은 자기 패거리를 이끌고 고1 여학생을 찾아갔다. 밤 10시 무렵이었다고 한다. 야간 자율 학습을 마치고 집으로 가는 중인 그 여학생을 납치하다시피 붙잡아 구지구로 데려갔다. 그즈음 구지구는 공장들이 하나둘 옮겨 가는 중이었다. 조 패거리는 그중 비어 있는 한 공장 안으로 여자애를 끌고 들어갔다. 조는 경고의 말도, 위협의 단어도 내뱉지 않았다. 조는 자기 패거리 중에서도 정말로 보잘것없는 애들, 패거리에 들어오고 싶어 어떤 일이든 마다하지 않을 대기자인 몇몇 남자애들을 시켜 그 여자애를 추행하게 했다.

조는 그 여자애를 망가뜨리는 과정을 통해 자기의 힘이 어디서 어떻게 분출되고 사용되어야 하는지를 명확하게 깨달았다. 그 일 뒤에 그와 비슷한 다른 일들을 처리하는 과정 속에서 자신의 위치를 만들어 나갔다.

조는 그 여자애가 가장 고통스러워 할 때 미간을 살짝 찡그렸다고 한다. 조의 감정 표현은 그게 전부였다고 한다.

　뜻밖에도 조의 연인이던 선배는 조가 일으킨 일에 대해 심하게 캐묻지 않았다고 한다. 그 선배는 그로써 자신이 조에게 진 빚을 갚았다, 정도로 여겼다는 것이다. 그 선배의 조용한 뒷마무리가 조의 입지를 완전히 굳혀 주는 계기가 되었다.

　그 일이 있고 난 뒤, 고1 여학생은 외국으로 유학을 갔다고 한다. 사건은 신고되지 않았고, 소문만 퍼져 나갔다. 그 소문이 실제로 일어났던 일인지, 조가 일부러 퍼뜨린 이야긴지, 부풀려진 것인지, 정확히 아는 사람은 없었다.

　그 뒤에 조는 수많은 남자애들을 사귀고, 버리는 일을 반복했다. 조 눈에 띄기만 하면 누구도 빠져나갈 수 없었다. 그중에는 고3 선배도 있고, 중1 후배도 있었다. 때때로 둘 혹은 셋을 한꺼번에 사귀기도 했으며, 사귀는 남자아이들을 동시에 불러내기도 했다.

　때때로 조는 대학생이나 아저씨 들을 만나기도 했는데, 그건 돈 때문이라는 소문도 있었다. 조는 보통의 아이들이 갖기 힘든 비싼 물건들을 가지고 다녔다. 조는 변덕이 심하고, 싫증을 빨리 느꼈다. 물건이나 사람 모두 마찬가지였다. 조가 쓰던 고가의 물건들은 곧 패거리의 다른 아이에게 넘겨졌다. 물건뿐 아니라 조가 사귀던 남자애들도 대개 그 과정을 거치곤 했다.

나는 조가 지금껏 아무 처벌도 받지 않고 학교에 다닐 수 있었던 이유는, 이 모든 소문 속의 사건 전면에 조가 드러나지 않기 때문이라고 생각했다. 조는 언제나 베일 뒤에 숨어서 '지시'를 내리는 쪽이지, 직접 나서지는 않았다. 조는 영리하다. 그리고 예쁘다. 어른들은 이런 점 때문에 조를 좋은 아이로 오해하기도 했다.

저렇게 예쁜 애가 설마!

하는 식이다.

조가 미간을 찡그리면서 눈물 한 방울을 흘리면 선생님은 물론이고, 피해 아이의 부모조차 설득시켜 버린다는 것이다.

사실, 조는 시시하다. 조는 불량의 극치다. 하지만 조는 예쁘다. 지독히 예쁘다. 이 외모의 힘이 조의 시시하고, 더럽고, 극악한 행동들을 포장시켜 준다.

그런 조가 지금 내 침대에서 자고 있다.

나는 조를 따라다니는 이 모든 추문과 조를 일치시켰다, 분리시키기를 반복했다. 나는 조가 타락의 진흙탕에 몸을 담그고 있지만, 그 타락조차도 조의 아름다움을 집어삼키지는 못하고 있다고 생각했다.

피곤에 전 얼굴로 아기처럼 웅크리며 자는 조의 모습이 그런
내 생각을 증명해 주고 있었다.

*

조는 다음 날 오후 3시쯤 깼다.

뭐, 먹을 것 좀 없니?

조가 물었다. 내가 대답을 하기도 전에 조는 냉장고 문을 열고
한참 들여다보다가 생수병을 꺼내더니 발로 냉장고 문을 닫고는
물었다.

아, 따분해, 라면 같은 거 없어?

있어.

내가 말했다.

하나만 끓여 줄래? 달걀도 한 개 넣고.

나는 조를 쳐다보았다. 생수를 마시던 조가 나를 향해 찡긋 윙
크를 하면서,

너무 많이 잤나 봐. 몸에 힘이 하나도 없네. 그럼 좀 부탁해!

애교 떨 듯 요구했다.

나는 그 애의 난데없는 애교 때문이 아니라, 빨리 그 애를 보내

고 싶은 마음에 라면을 끓이기 시작했다.

면발 불지 않게. 난 불어 터진 면발은 딱 질색이야.

끓인 라면을 냄비째 식탁에 올려 주고 김치도 꺼내 주었다.

넌 생긴 것과 다르게 친절한 구석이 있구나. 이런 대접 처음이야. 아, 내가 얼마나 불쌍하게 사는지 넌 모를 거야.

조는 배가 고팠던 모양이었다. 국물까지 싹 마시고 생수로 입안을 헹구더니, 가방을 뒤적거려 담배를 꺼내 물었다. 그리고,

라이터 없어?

물었다.

담배는 안 돼. 방 안에 냄새 배.

내가 단호하게 알렸다.

아, 시발.

조가 아주 작게 내뱉었다. 하지만 내 귀에까지 들렸다.

뭐라고?

내가 조를 쏘아보면서 되물었다. 그러자 조가,

아, 아냐. 그럼 담배는 그만두지 뭐.

하며 담배를 가방 근처에 거칠게 집어던졌다. 그런 다음에는 욕실로 들어갔다. '딸깍' 욕실 문 잠그는 소리가 선명했다. 잠시 뒤 샤워기에서 물 쏟아지는 소리가 났다.

샤워를 마치고 욕실에서 옷까지 다 입고 나온 조가,

클앤클 없어?

물었다.

난 그런 거 안 발라.

그러자 조가 픽, 웃었다.

그 정도는 발라 줘야지. 그게 피부를 얼마나 청순해 보이게 하
는지 아니? 애들 피부 그거 다, 클린 앤 클리어나 비비 덕분이야.
너 같은 애나 민낯으로 다니지.

담배 때문에 화가 덜 풀렸는지 비아냥거리는 투였다.

상관 마.

내가 한마디 뱉었다. 그러자 조가 갑자기 불안한 듯 서성거리
기 시작했다. 나는 조가 내가 쓰는 바디 샴푸 향기를 폴폴 풍기
면서 내 방 안을 돌아다니는 게 아주 싫지는 않았다. 담배 냄새
보다 나았다. 서성거리던 조는 드라이어를 붙잡고 머리를 말리
기 시작했다. 거의 삼십 분이나 드라이어 바람에 매달렸다. 그런
다음에는 가방에서 파우치를 꺼내 이것저것 하느라 또 시간을
보냈다.

아, 씨, 밖에서 자면 렌즈 때문에 불편하다니까.

조가 혼잣말로 툴툴거렸다. 시간은 벌써 오후 다섯 시 가까이
되어 가고 있었다. 나는 조를 싫어하는 것은 아니었지만, 어서
돌아가 주기를 바랐다. 어쨌든 조 때문에 일요일 하루를 다 허비

해 버렸다.

갈게.

조는 마치 저녁에 다시 돌아올 것처럼, 이 방이 자기 방이라도 되는 듯이 한마디 툭 던지고 나갔다.

조가 가고 나서 나는 창문을 활짝 열고 환기부터 시켰다. 청소도 좀 했다. 침대 시트까지 갈아 끼우고는 한숨 돌리는 참에 엄마한테서 문자가 왔다.

아기 낳았어, 아들이야.

축하.

답을 보냈다.

아기 보러 와.

지금?

며칠 있다가 와.

왜?

조리원으로 옮기고 연락할게. 그때 와. 그게 편해.

몸조심해.

답을 보내고 나서 침대에 털썩 걸터앉았다.

*

　우리 집에서 자고 간 그 주 내내 조는 우리 교실에 오지 않았다. 쉬는 시간에 자기 패거리와 화장실에 모여 뭔가 비밀스럽게 수다를 떨거나, 심각한 얼굴로 머리들을 맞대고 수군거리는 조를 보기는 했다.

　조는 나를 못 본 모양이었다. 어쩌면 보았는데 못 본 척했을 수도 있다. 아무튼, 그 일주일은 꽤 혼란스러웠다.

　나는 어느새 조에게 약간 길들여진 건지도 몰랐다. 그 애가 하루에 한두 번쯤 우리 교실로 찾아와서 내 존재감을 느끼게 해 주는 의식을 은근히 즐거워했던 건지도 몰랐다. 아니면 우리 집에 불쑥 찾아와 자고 간 일을 모른 척하는 조에게 배신감을 느낀 건지도 몰랐다.

*

　토요일이었다. '놀토'라 늦잠을 잤다. 정오쯤 일어나 산후조리원에 갈 준비를 했다. 출발하기 전에 엄마한테 문자를 보냈다.

　지금 가도 되나?

　엄마한테는 아저씨 쪽 가족들도 있으니 조심을 하는 편이었다. 엄마의 새로운 가족들과 마주치는 건 불편했다. 그건 엄마의 새로운 가족들도, 엄마도 마찬가지였다. 언젠가 엄마 집에 불쑥 갔다가 아저씨 어머니와 마주친 적이 있었다. 그런 자리는 피하고 싶었다. 엄마를 교집합으로 두고 엮인 새로운 사람들하고는 되도록 마주치지 않는 게 서로에게 편했다.

빨리 와. 같이 밥 먹게.

엄마 답이 날아왔다. 나는 확인 문자를 하나 더 보냈다.

아저씨 가족들은?

갔어.

나는 서둘러 집에서 나왔다. 집에서 산후조리원까지는 세 정거장이었다.

조리원에서 엄마가 묵는 방은 내 원룸의 4분의 1밖에 안 되는 크기였다. 좁은 온돌방에 엄마 혼자 누워 있었다. 흰 장갑을 팔목 위까지 올려 끼우고, 긴 수면 양말을 신고 있었다.

마지막 출산이니까, 다들 몸조리를 잘해야 한다고 하더라.

엄마가 변명하듯 말했다.

아기는?

아기들끼리 있지.

엄마가 뭔가 우습다는 듯이 답했다. 나 역시 갓난아기가 자기

들끼리 모여 있다는 말이 뭔가 이상해서 따라 웃었다.

아저씨는?

카페 일 바빠서……. 이젠 나 혼자 있어도 되고……. 이따 밤에는 오실 거야.

엄마는 묻지 않은 것까지 대답해 주었다.

방의 온도는 높았지만 썰렁하게 느껴졌다. 복도를 걸어오면서 들여다본 다른 방들은 방문객과 꽃과 음료수 병과 신발 들로 복잡하고 분주했었는데. 엄마는 어쩌면, 아무도 환영하지 않는 아이를 낳은 건지도 모른다는 생각이 불쑥 들었다.

빈손으로 온 게 갑자기 미안해졌다. 엄마한테 오면서 아무것도 사 오지 않은 것이 불편한 적은 처음이었다.

꽃이라도 사 올걸.

뭐하러, 돈만 들지.

말은 그렇게 했지만 엄마는 어딘가 섭섭해하는 것 같았다. 곁눈질로 슬쩍 본 엄마는 마치 딴사람 같았다. 성난 듯 뺨에는 기미가 튀어 올라온 데다 얼굴은 퉁퉁 부어 있었다. 저래 가지고야 예전 엄마 모습으로 돌아갈 것 같지 않았다. 엄마는 나와는 달리 호리호리한 체형에 얼굴도 꽤 예쁜 사람이었는데. 공연히 화가 났다.

살찐 거야? 부은 거야?

내가 뒤꿈치로 바닥을 툭툭 치면서 물었다. 엄마가 나를 물끄러미 바라보았다. 나는 모른 체했다.

갑자기 우울한 기분이 위험 수위를 향해 치달았다. 순식간에 눈알을 돌리는 것도, 말하는 것도 다 귀찮아졌다. 방문객과 이상한 차림새의 산모들이 북적거리는 산후조리원 인이 갑자기 감옥같이 느껴졌다. 진땀이 다 났다.

아기 면회 시간이야. 동생 보러 갈래?

엄마가 끙 소리를 내면서 일어섰다. 자기가 낳은 아기를 면회 시간이 되어야 볼 수 있다니 감옥이 맞았다. 나는 픽 웃었다. 그리고 엄마를 따라나섰다.

면회실 앞에는 아기를 보러 온 방문객들이 모여 있었다. 드디어 간호사가 엄마 이름을 불렀다. 엄마가 간호사한테서 아기를 건네받았다. 아기들 얼굴은 다 비슷해 보였다. 다른 산모들이 안고 있는 아기들과 엄마가 안고 있는 아기를 구분하기가 어려웠다. 그러니까 간호사들도 헷갈려서 아기 발목에 이름표를 채워 둔 게 아닐까?

엄마가 아기를 들여다보면서 웃고 또 웃었다. 나는 엄마 얼굴을 보았다.

내가 아기였을 때도 엄마는 나를 저런 얼굴로 들여다보았을 것이다. 하지만 나는 기억하지 못한다. 그러니 저 아기도 나만큼 나이를 먹고 나면 자기를 내려다보던 엄마의 저 표정을 기억하지 못할 것이다. 그렇게 생각하니 마음이 좀 편안해졌다.

안아 볼래?

엄마가 아기를 내 앞에 내밀었다. 나는 주저하면서도 아기를 받아 안았다. 아기를 안으니 의외로 마음이 편안했다. 아기가 눈을 감은 채 미소 지었다. 그 미소를 보니 뭔지 모르겠지만 위안이 되는 것 같았다.

아기 면회 시간이 끝났다. 아기를 다시 간호사한테 넘겨주고 엄마 방으로 돌아오면서 물었다.

언제까지 여기 있어?

한 달.

그렇게나 오래?

몸이 안 좋아. 집에 가면 돌봐 줄 사람이 있는 것도 아니고.

어디 아파?

애 낳기에 너무 늦은 거지.

아저씨는 뭐래?

자기가 낳는 게 아니니까 정확히 모르지. 그래도 잘해 주려고 애는 써.

엄마 말을 들으면서 나는 뭐하러 결혼을 또 했냐, 한마디 해 주려다 꾹 눌렀다. 일부러 할퀼 필요는 없었다.

그닥 편한 것도 아닌데, 산후조리원에서 생각보다 긴 시간을 보냈다. 엄마와 점심을 먹고, 저녁까지 함께 먹었다. 그 더운 방에서 왜 그렇게 오래 버티고 있었나 싶을 정도였다. 엄마보다 더 큰 넝치로 엄마 매트에 누워서는 TV를 보고 잠까지 잤다.

잠에서 깨어났을 때, 엄마와 아저씨가 매트 앞에 나란히 앉아 TV를 보고 있었다. 나는 곧바로 깼다는 티를 낼 수는 없었다. 아무리 생각해도 좀 창피했다. 하지만 계속 그럴 수는 없었다. 나는 아무렇지 않은 듯 부스럭거리면서 일어나 앉았다. 엄마와 아저씨가 잠에서 깬 나를 멀뚱하게 바라보았다. 어색한 순간이었다. 껌이라면 뱉어 버리고 싶었다.

밤 열한 시가 되어서야 산후조리원을 나섰다. 아저씨가 데려다주겠다고 했지만 거절했다.

밤인데 조심해라.

아저씨가 내 등을 가볍게 치며 말했다.

겨우 세 정거장 걷는 건데요. 걱정 마세요.

걸어가려고?

네. 낮잠을 너무 잤어요.

그래. 오늘 밤 달게 자겠다.

유머 속에 가시가 느껴졌다. 내가 침대를 차지하고 잔 것 때문인가, 싶었다. 그러고 보니 아저씨는 자기를 불편하게 했던 일에 대해선 어떤 식으로든 보복하는 성격일 것도 같았다. 그렇다면 아버지와 다를 게 없었다. 어쩌면 더 나쁠 수도 있다. 아저씨는 아버지가 아니니.

퉤.

나는 침을 탁 뱉었다. 그런 나를 아저씨가 쳐다보았다. 나는 그런 아저씨를 뻔히 보았다.

그렇게 행동하고 나니 친해지기 위해 억지로 노력하지 않아도 된다는 게 얼마나 홀가분한지 몰랐다.

들어가 보세요.

툭 던지듯이 인사하고 뒤도 돌아보지 않고 걷기 시작했다.

*

슬슬 걸어서 집 앞에 도착했다. 자정이 넘었을 것이다.

4층으로 이어지는 계단에 올라서자 센서 등이 켜졌다. 순간 조가 보였다. 4층에서 옥상으로 올라가는 계단에 조가 앉아 있었다. 짧은 교복 치마 안에 체육복 바지를 입은 차림새로 다리를 한껏 벌리고 앉아 있었다. 조가 앉은 자리는 가끔 동네 길고양이가 앉아 있는 장소이기도 했다. 조는 피우지 않은 담배를 손가락으로 만지작거리고만 있었다.

계단 센서 등이 꺼졌다. 조가 엉덩이를 털고 내려오자 다시 센서 등이 켜졌다.

왜 이제 와!

조는 마치 내가 약속 시간을 어기기라도 한 듯 짜증을 부렸다.

엄마한테 갔다 왔어.

네가 왜 여기 있어? 물었어야 했는데 멍청하게 답하고 말았다.

빨리 문 열어.

조가 다그쳤다. 나는 비밀번호를 눌렀다. 잠금장치 풀리는 소리가 나자 조가 문을 열고는 앞서서 안으로 들어갔다. 나는 조 뒤를 따라 들어서면서 불을 켰다. 신발을 벗고 올라선 조는 냉장고 문부터 열었다.

오늘은 노래방 안 갔나?

내가 혼잣말하듯 물었다.

당분간 노래방 안 가기로 했어.

왜?

신가다 애들과 싸웠거든.

신가다라니?

새로운 패거리 말이야. 기집애들이 얼마나 드센지 꼭 뜨거운 맛을 봐야 말을 들어.

그 애들이 왜?

우리 애들을 빼돌리잖아. 우리를 '구가다'라면서 따돌리고, 애들 꼬드겨서 지들 패거리로 만드는 거야.

원래 니들 전부 같은 패 아니었나.

내 말에 조가 생수병을 꺼내 들다 말고 발로 냉장고 문을 탁 찼다.

조는 마치 내가 자기 패거리의 일원인 것처럼 모든 일을 자세히 말하고 있는데 내가 거리를 둔 것이었다. 기분이 상한 것 같았다. 어쨌든 나는 더 이상 그런 대화는 하고 싶지 않았다. 조와 그 패거리에 얽힌 수많은 소문은 들어서 알고 있지만, 그건 어디까지나 소문일 뿐 실제가 어떤지는 모르는 일이었다. 하지만 조에게 직접 그들의 세계에서 일어나는 일들에 대해 듣는 것은 어딘가 위험했다. 나는 그들의 세계에 직접 관여하고 싶지 않았다. 나는 조를 좋아했다. 하지만 그 애들 패거리에 끼고 싶은 마음은 없었다.

집에 안 들어가면 할머니가 걱정 안 해?

나는 말을 돌렸다.

내가 아예 사라져 주길 바랄걸?

설마. 할머니들은 절대 안 그래.

나는 '절대'에 힘주어 말했다. 순간, 조가 아주 무섭게 침묵했다. 입을 닫은 조가 냉장고 문을 거칠게 열고 생수병을 다시 집어넣었다.

나는 혹시 모를 조의 아픈 곳을 건드렸을까 봐 조심스러웠다. 누군가 내 부모의 이혼 문제나, 혼사 원룸에 사는 문제를 들춰냈을 때 상처를 받는 것처럼 조 역시 그랬을까 봐 두려웠다. 나는 의자에 앉아서 조를 바라보았다. 조가 뭔가 망설이는 눈치를 보였다. 이윽고 조가 말했다.

친구 한 명 더 올 거야.

안 돼!

나는 크게 소리 질렀다.

이미 오기로 했어. 걔도 잘 곳이 없어.

잘 곳이 없다니?

집 나왔어. 아버지가 내쫓았대.

그래도 안 돼!

여기 오지 않으면, 지하철 역 같은 데서 자야 돼.

거기 가라 그래!

그러다 사고라도 나면 네가 책임져야 할걸?

조는 정말 알 수 없는 아이였다. 다른 사람이 조의 방식에 익숙해지거나, 그 방식의 불합리한 점을 알아차리기도 전에 생전 처음 겪는 새로운 방식을 꺼내 놓는 식이었다. 나로서는 누군지도 모르는 조의 친구가 사고가 나는 데 내가 책임져야 한다니. 도대체 그런 논리와 방식은 다 어디서 배워 오는 것일까? 알지도 못하는 애가 잘못되면 내가 책임져야 한다는 그 말은 엉터리에다, 협박에 가까웠다. 하지만 묘하게 책임감을 느끼게 만들었다. 나는 망설였다. 조가 그 순간을 놓치지 않았다.

와도 되지?

오늘 하루뿐이야.

나는 겨우 그렇게 말하고는 어쩐지 진이 빠져 버린 것 같았다. 너무 피곤해서 될 대로 되라는 기분마저 들었다. 생각해 보니 피곤한 하루였다. 조리원에서 한 일은 별로 없지만 지쳐 있었다. 피곤해서 더 이상은 아무것도 하기 싫었다. 하지만 방에 조가 있고, 곧 다른 친구가 더 올 것이다.

조금 지나자 누군가 문을 두드렸다. 조가 문을 열어 주었다. 놀랍게도 남자아이였다. 나는 벌떡 일어나 침대에서 내려와 섰다. 그 남자애는 내가 있는 것쯤은 이미 다 알고 있다는 듯이 안으로 성큼 들어섰다.

남자라는 말 안 했잖아!

내가 소리쳤다.

남자면 어떻고 여자면 어때.

조가 아무 일도 아니라는 듯 픽, 웃으면서 답했다.

안 되겠어. 나가 줘.

내가 말했다.

어차피, 들어온 거 오늘만 있다 길게. 한 번만 봐주라. 응?

나는 침대에 털썩 걸터앉았다. 조와는 말을 하면 할수록 진이 빠지는 기분이었다. 내가 더 이상 말을 꺼내지 않자 허락의 의미로 알았는지 남자애가 희미하게 웃었다.

조가 불러들인 남자애는 아주 키가 컸고, 어딘지 희고 멍청해 보이는 인상을 가진 애였다. 바보같이 생겼다는 말이 아니다. 남자애 몸 전체에서 풍겨 나오는 기운은 어딘지 멍청하면서도 위압적이라는 느낌이 들었다. 날카로운 턱 선에, 눈빛이 또렷하지 않은 그 남자애는 우리 학교 아이는 아니었다.

그때는 몰랐지만 그 애가 H였다. H는 뒤에 조와 신가다 아이들 사이에서 분란을 일으켰으며, 결국 모두를 곤란한 지경에 빠뜨린 장본인이었다.

숨을 곳도 없는 원룸 안에 셋이 있자니 너무 불편했다. 게다가 조와 그 남자애는 책상 아래 꼭 붙어 앉아서는 들릴 듯 말 듯 속삭이며 킬킬거렸다. 나는 조를 좋아하지만 저런 모습까지는 아니었다. 더 이상 참아서는 안 되겠다고 생각했다.

나가 줘!

라고 말했어야 했다. 하지만 지금 이 시간에 나가 달라는 말이 나오질 않았다. 자정이 넘은 시간이었다. 게다가 극단적인 행동이나 말을 했을 때 조와 남자애가 어떻게 나올지 두려운 마음도 있었다. 조 같은 성격의 아이들은 언제 무슨 짓을 할지 알 수 없었다. 나는 어쨌든, 오늘 한 번뿐이고, 다시는 이런 일을 만들지 않겠다, 생각하면서 이불을 뒤집어썼다. 잠들기는 틀렸고, 밤새 뒤척거렸다. 그러다가 어느 순간 깜빡 잠이 들었다.

잠에서 깼을 땐 아침이었다. 조와 남자애는 가 버리고 없었다.

홀가분한 기분과 두려움이 뒤섞여 머릿속에 가스가 들어찬 것 같았다. 그래서 일요일은 종일 침대에 누워 지냈다. 보조 잠금장치까지 채우고는 종일 문 밖에 나가지 않았다.

*

다시 한 주가 시작되었다. 그 주 내내 조와 패거리들이 눈에 띄지 않았다. 조가 나를 찾아오지 않는다고 해서 내가 조를 찾아갈 일은 없었다. 조를 기다린 건 사실이었다. 어쨌거나 새벽에 불쑥 찾아왔다가 내가 잠자는 사이에 사라졌으니 뭔가 변명이라도 해 주기를 바랐던 모양이었다.

조에 관한 새로운 소문이 떠돌고 있었다. 가십 수준의 소문이었다. 하지만 조에 관한 소문이라서 주의 깊게 들었다. 소문은 조가 지난 토요일에 구지구에서 일으켰다는 작은 소란에 관한 것이었다. 지난 토요일이라면 조가 H를 데리고 새벽에 찾아왔던 그날이었다.

그러니까 지난 토요일 밤에 조가 속한 구가다 애들과 새로 조직된 신가다 애들이 구지구에서 난투극을 벌였다는 것이다. 거기엔 H라는 남자애와 그 패거리들도 합류했다고 했다. 그 싸움에서 조 패거리는 신가다 애들한테 밀리다가 겨우 치욕을 면했다는 것이다. 따지자면 조가 완전히 진 싸움이었는데 H가 조 편을 들어 주었다고 했다. 그것은 그 세계의 규칙을 깨는 일인 모양이었다. 보통 그런 싸움이 일어나면 이긴 쪽의 서열을 위로 잡아 주는 게 일반적이라고 했다.

H는 예측할 수 없다.

H는 규칙 따위는 무시하고, 기분 내키는 대로 하는 놈이라는 게 대체적인 의견이었다.

H의 결정 때문에 놀란 쪽은 신가다 애들이었다. 그런데 신가다 애들이 H가 아니라 조 패거리들을 상대로 복수할 거라는 소

문이 나돌았다.

H가 아니고?

왜 조한테 복수를 해?

H를 두고 신가다와 구가다가 싸우게 된 꼴이네.

그런데 다음 날 H가 조를 팽개치고 신가다 애들하고 어울리는 걸 봤대.

종잡을 수 없는 새끼야, H.

아이들이 흥미롭게 떠들어 대는 소문을 나는 잠자코 들었다. 그 소문 속에 혹시 조가 우리 집에 찾아왔었다는 내용이 있는지 귀를 기울였다. 만약 조가 내 이야기를 했다면 학교 전체가 아는 건 시간문제였다.

*

그 주도 다 지나고 다시 주말이 되었다. 야간 자율 학습이 끝나고 집으로 가는 길이었다.

건물 사이에서 조가 불쑥 튀어나왔다. 좀 놀랐지만 티는 내지 않았다. 조는 나를 기다렸던 게 분명했다. 그런데 혼자가 아니었다. 조 뒤로 패거리 여자애 두 명이 더 있었다.

안 돼. 공부해야 돼.

내가 선수를 쳤다. 그러자 패거리 애들이 키들거리면서 웃었다. 신경을 건드리는 웃음이었지만 내색하지 않았다. 의도된 웃음일 것이었다. 조는 웃지 않았다. 대신, 이렇게 말했다.

우리끼리 의논 좀 할 게 있어서 그래.

그래도 안 돼.

한 번 더 차갑게 거절했다.

밤새 있지는 않을 거야. 한 시간만 있다가 갈게.

나는 대답하지 않았다. 한 시간 정도라면 괜찮을 것도 같았다.

시끄럽게 하지 않을게. 담배도 안 피우고.

누그러진 낌새를 알아차린 조가 애원하다시피 말했다.

딱 한 시간이야. 더 이상은 안 돼.

내가 답했다. 머릿속이 녹아내리는 기분이었다. 조와 대면하면 늘 그랬다.

올라가.

조가 패거리 애들을 향해 손짓을 하고 앞서 걸어갔다.

계단을 올라가면서 누구라도 좀 내다보았으면 싶었다. '학생 떠들면 안 돼', '학생들 몰려다니면 못써' 같은 잔소리를 해 댈 아줌마라도 나와 주길 바랐지만 어느 문도 열리지 않았다. 원룸 건물은 이웃에서 무슨 일이 일어나건 아무도 상관하지 않는 곳이었다.

원룸 건물엔 수다나 참견을 좋아하는 정의로운 아줌마 아저씨들은 거의 살지 않는다. 세상일에 초연한 노인 부부나, 애완 고양이를 안고 다니는 젊은 여자나, 컴퓨터 게임에 푹 빠진 대학생이나, 아니면 이상한 아저씨들뿐이다. 그들은 도통 남의 일에 참견할 줄 모르는 사람들이다. 하긴, 그래서 엄마와 내가 이 원룸을 선택한 것이기도 했다.

내 방에 들어온 조 패거리들은 약속대로 담배도 안 피우고, 조용히 숙덕거리기 시작했다. 그러나 아무리 조용히 이야기한다 해도 한방에 앉아 있으니, 결국 나도 다 듣게 되었다.

대회의 주된 내용은 '구가다'와 '신가다'의 갈등이었다. '구가다'니 '신가다'니 하는 말은 노는 애들끼리 서로의 패거리를 구분하기 위해 붙인 이름이었다. '신가다'는 최근에 형성된 새로운 패거리를 이르는 것이었다. 조 패거리는 선배 격인 '구가다'에 속했다. 이들의 고민은 '신가다'의 싸가지 없는 계집애들을 어떻게 혼내 주냐는 거였다. 신가다 애들을 혼내 주고 함께 노는 남자애들을 다시 빼앗아 올 좋은 방법이 뭐겠냐는 거였다.

그 애들의 대화를 듣고 있으려니 신기한 느낌마저 들었다. 외계어도, 사투리도, 외국어도 아닌, 이상하고 오래된 단어와 은유와 욕설로 뒤섞인 말들로 이어지는 대화가 경이로울 정도였다.

조가 다른 애들과 내 방에서 이상한 단어들을 천연덕스럽게 써

가면서 이야기를 나누는 모습은 실망스러웠다. 하지만 실망을 드러낼 필요는 없었다. 나는 애들이 내 방에서 나가면 움직일 생각이었다. 그래서 교복을 입은 채 침대에 걸터앉아 수시로 시계를 보았다. 약속을 지키라는 무언의 압력이었다.

한참 자기들끼리 이야기를 나누던 중에 조가 불쑥 나를 향해 말했다.

그러지 말고 좀 도와주라.

뭘 도와줘!

내가 되물었다.

너도 다 들었잖아.

듣긴 들어도 무슨 말인지 몰라.

신가다 중에 엄청 힘센 게 하나 있는데, 어떻게 해 볼 수가 있어야지.

조가 투덜거리는 듯이 부탁했다.

시간 다 됐어. 그만 가 줘.

나는 먼지를 털듯 말했다.

너도 우리 편이라고 걔들한테 벌써 다 말했어.

상관없어, 난 아니니까.

걔들이 널 가만둘까?

가만 안 두면 어쩔 건데?

까칠하기는……. 니가 한 번만 나서 주면 해결돼.

못해.

왜 못해?

난 싸움 안 해.

내가 답하자 조가 불현듯 픽, 웃으며 말했다.

그때 당한 일 때문에 그래?

그때 일이라니?

내가 일어서서 조를 노려보았다.

이거 왜 이래. 소문 다 들었어. 너 남자애들한테 단체로 당했
다며?

조는 내 반응에도 전혀 동요하지 않았다. 도리어 면도칼을 뺄
듯 더 날카롭게 말을 뱉었다. 나는 조가 뱉은 말 중 '당했다'에 걸
렸다. 조는 왜 당했다고 말하는 걸까? 조 역시 내 소문을 모를 리
없을 텐데. 내가 되물었다.

당하다니?

그럼 아냐?

소문 잘못 들었어. 내가 그 애들을 혼내 준 거야.

킥.

풉.

조가 웃자 패거리 애들이 약속이나 한 듯 따라 웃었다. 패거리

둘과 눈을 맞추면서 조가 말을 이었다.

그 새끼들이 어떤 놈들인데 너 하나한테 당해! 그 새끼들은 그렇게 말하지 않던데?

어떻게 말했는데.

불쌍해서, 한 번 봐줬다는데?

자기들 체면 때문에 그런 거야.

손대기도 싫었다던데. 너 같은 등신한테는.

등신?

더럽다는 놈도 있었어.

더럽다니?

몸에 손을 댔다가는 더러운 뭐라도 묻을까 봐…… 혹시 이런 말…… 처음 들었니?

조는 소문의 진상을 모르는 것이 아니라, 의도적으로 왜곡시켜서 나에게 수치심을 안겨 주려 하고 있었다.

조의 뻔한 의도를 알았지만, 나는 마음 저 밑바닥에서 칼날이 서서히 솟아오르는 것을 느꼈다. 이상하게도 조의 말에는 마음속에 숨어 있던 사악함을 건드리는 무엇이 있었다. 나는 조의 의도를 다 알면서도 조가 노린 바로 그 지점에서 흔들렸고, 날카로워졌다. 하지만 겉으로 티를 내지 않으려 애썼다.

조가 내 반응을 살피고 있었다. 나는 조의 눈을 똑바로 들여다보았다. 조는 뭔가 초조해하고 있었다. 뭘까. 조를 초조하게 만드는 게. 그때 나는 눈치챘다. 조 곁에는 늘 그를 주시하고 따르는 아이들이 있었다. 조는 패거리 앞에서 자신이 '조'임을 증명해야 했다. 그러기 위해선 어떻게든 나를 그 일에 끌어들여야 했다. 그래서 자기가 바로 '그 유명한 조'라는 것을 보여 줘야 했던 것이다.

어디가 끝일지 모르는 이 팽팽한 긴장을 끊을 사람은 나였다. 나는 조의 눈을 쳐다보았다. 조 역시 내 눈을 쏘아보았다. 조의 눈은 '세' 보이기는 했지만 간절했다. 나는 이제 패거리들이 보는 앞에서 조를 구해 줘야 할 입장이 되었다.

생각해 볼게.

내가 말했다. 그러자 뾰족하게 솟았던 조의 어깨가 순간 순하게 내려앉았다.

조는 양쪽에 서 있던 다른 두 애들과 시선을 주고받았다. 그리고 의기양양해졌다. 두 아이는 조를 향해 존경의 시선을 보냈다.

이제 그만 가 줘!

내가 알렸다.

그래. 내일 학교에서 이야기하자.

조와 두 아이는 순순히 나갔다. 나가면서 조가 나를 향해 찡긋, 윙크를 날렸다. 조는 역시 의기양양할 때 가장 보기 좋았다.

문을 서둘러 닫았다. 그대로 조와 아이들이 계단 내려가는 소리를 듣고 서 있었다.

잘각잘각.

조의 휴대폰에 매달린 방울 소리가 완전히 사라질 때까지 문 앞에 서 있었다.

뭐가 뭔지 모르겠다는 생각이 들었다. 피곤이 몰려왔다. 조와 이야기를 나누고 나면 그랬다. 기가 빠진 기분이었다. 벌써 두 번째였다. 하지만 기분이 나쁜 건 아니었다. 그렇다고 기분이 좋았다는 뜻도 아니다. 그러니까 그건 기분 문제가 아니었다.

*

조가 나에게 수치심을 안겨 주기 위해 '당했다'고 표현한 일은 바로 중2 때 있었던 일을 말한다.

중2 때 사건이 하나 있었다. 그 사건이 있기 전까지만 해도 나는 나를 덩치만 컸지 평범한 여자애라고 생각하며 지냈다. 보통 여자애들이 좋아하는 것을 나도 좋아했다. 하나 특이한 점이 있다면 대부분의 여자애들이 피아노 학원에 다닐 때, 나는 태권도 학원이나 특공 무술 학원에 다녔다는 것 정도였다. 하지만 태권도 학원에 다니는 여자애가 나 하나는 아니었다. 특공 무술 학원의 3분의 1도 여자애들이었다. 그러니까 사실 그리 특이한 일은 아니었다. 덩치에 어울리기만 하다면 나는 분홍색 리본도 달았을 것이다.

하지만 전설이 된 그 사건이 있고 난 뒤 나는 평범한 여자애로 사는 일을 집어치웠다. 그 사건이 일어나기 전만 해도 나는 몇 명의 친구가 있었다. 함께 학원에 다니고, 점심 먹고, 수다도 떠는 그런 친구 말이다. 하지만 그 사건 뒤 나는 완전히 고립되었다. 아무도 나와 친구가 되려고 하지 않았다. 나 역시 누구와도 친구를 맺고 싶지 않았다.

그 사건은 우리 학교 노는 애들 패거리가 나를 필요로 했기 때문에 일어났다. 하지만 중2 때 그 아이들은 지금의 조처럼 내 도움이 필요한 게 아니었다. 그들은 장난의 대상으로서 내가 필요했다. 그런데 왜 중2가 되어서 갑자기 나를 장난 대상으로 찍었는지는 알 수 없다. 그때 나를 괴롭히던 애들은 초등학교 때도, 중학교 1학년 때도 내 주위에 있던 애들이었다.

아무튼.

나는 알 수 없는 어떤 이유 때문에 그 애들한테 만만하게 보였거나, 나약하게 보였던 것 같다. 아니면 웃을 때 잇몸이 드러나는 내 인상이 그 아이들 중 리더에 속하는 누군가의 비위를 상하게 했을 수도 있다. 그래서 그 누군가의 비위를 맞춰 주려고 지질한 놈이 나를 건드렸을 수도 있다.

어느 날, 노는 애들 패거리의 한 남자아이가 쉬는 시간에 찾아와선 갑자기 내 목에 긴 플라스틱 자를 들이대고는 이랬다.

돼지 삼겹 썰기!

나는 순간 손등으로 자와 그 남자아이를 쳤다. 남자아이는 교실 바닥에 나가 떨어졌고, 플라스틱 자는 두 동강이 났다. 그 남자아이는 노는 애들 패거리 중에서도 가장 '지질한' 급에 속했다. 모두가 경멸하는 그런 놈이었다.

그런데 그 남자아이의 장난은 그날 한 번으로 끝나지 않았다. 다음 날 그 남자애는 긴 알루미늄 자를 들고 와 내 목에 들이댔다. 나는 다시 손으로 쳐 냈다. 남자애는 내 손을 피했다. 그러자 교실 뒤편에 서서 보고만 있던 패거리 애들이 일제히 웃어 댔다.

그 뒤 그 '찌질이'는 쉬는 시간이면 어김없이 긴 알루미늄 자를 내 몸 여기저기 들이대고 고기 써는 흉내를 냈다. 그러면 그 패거리 아이들이 웃었다. 패거리가 아닌 다른 아이들은 모르는 척했다. 함부로 따라 웃거나, 왜 이런 멍청한 짓을 하냐며 참견이라도 했다가는 어떤 뒷감당을 하게 될지 알 수 없을 테니.

아무도 도와주지 않는 가운데, 나는 그 남자아이가 알루미늄 자를 내 몸에 대고 칼질하듯 그을 때마다 파리를 쫓아내듯 했다.

그 일은 며칠이고 계속 이어졌다. 여간 성가신 일이 아니었다. 반 아이들 중 누구도 그 남자아이와 나 사이에 벌어지는 황당한 일에 관여하지 않았다. 섣불리 정의감을 내세웠다가는 봉변을 당할 수도 있었다. 그 남자아이는 '지질함'의 대명사이기는 하지만, 어쨌든 노는 애들 패거리에 속해 있었다.

어느 날, 나는 그 남자애가 들이댄 알루미늄 자 끝을 붙잡고 경고했다.

한 번만 더 그러면 죽여 버린다!

그러자 남자아이가 순간 주춤했다. 하지만 곧 교실 뒤편에 있던 자기 패거리의 응원을 받고 기가 살아났다. 긴 알루미늄 자를 내 가슴팍에 대고 아래로 길게 가르는 시늉을 했다. 나는 거의 무의식적으로 그 남자아이의 얼굴을 손으로 가격했다. 순간적인 행동이었다.

억.

소리와 함께 어이없게도 그 남자아이는 쓰러졌고, 코피를 흘렸다.

아이들이 우르르 몰려들었다.

아이들 사이에서 일종의 탄성 같은 신음이 터졌다. 그간 나와 그 찌질이의 실랑이를 모른 체하던 아이들도 속으로는 답답했을 것이었다. 몰려든 아이들이 그 찌질이가 노는 애들 패거리라는 것도 잊었는지 소란을 떨며 사진을 찍어 댔다.

코피가 터진 그 남자애는 치욕스러웠을 것이다. 덩치 큰 나를 괴롭힘으로써 자기 패거리 안에서 인정을 받으려고 했는데 역효과가 났던 것이다.

내 손을 맞고 쓰러졌던 찌질이는 코피를 확인하더니 나를 쏘아 보고는 교실 밖으로 나갔다.

두고 봐.

협박도 잊지 않았다.

그날 하교 시간이었다. 교문에서 버스 정류장까지 걸어가는 길에 아파트 신축 공사 현장이 있었다. 그곳은 위험 구간이었다. 성폭행 사건도 일어났었고, 파란색 마스크를 쓴 바바리맨이 출몰하기도 했다. 입이 귀 밑까지 찢어져 있다는 마스크맨이 나타난다는 소문도 돌았다.

그곳에서 기다리고 있던 남자애들 다섯 명이 나를 에워쌌다. 물론 찌질이도 있었다. 주변에 많은 아이들이 하교 중이었다. 하지만 그 패거리가 나를 에워싸고 공사장 깊숙이 끌고 들어가는 것을 막는 아이는 아무도 없었다. 그 애들은 나를 이끌고 공사장을 통과해 산 아래 버려진 공터까지 갔다. 그곳에는 거대한 파란색 정화조 통들이 수십 개 쌓여 있고, 철조망으로 대강의 울타리가 둘러쳐져 있었다. 그 안으로 들어갔다. 커다란 정화조 때문에 나와 패거리 애들 모습이 밖에서는 잘 보이지 않았다.

적당한 지점에 멈춰 선 패거리들이 등에 멘 가방을 벗어 구석으로 내던졌다. 내 손에 맞아 코피를 흘렸던 그 찌질이가 교복 상의 속에서 긴 알루미늄 자를 장검처럼 빼내더니 내 가슴팍에 겨누었다.

나는 이 애들이 나에게 하려는 짓을 가늠했다. 이 애들이 나를 같은 사람으로 생각하지 않고 있다는 것도 느꼈다. 이 애들은 나를 버려진 개나 도살장에 끌려온 돼지 한 마리쯤으로 여기는 것이다. 이 애들이 나에게 원하는 것은 오직 자신들이 재미를 느낄 만한 다른 대상을 찾을 때까지 놀잇감이 되어 주기를 바라는 것이다.

아이들은 자기들끼리 시선을 주고받으며 실실 웃었다. 웃으면서 나를 쿡쿡 찔러 대기 시작했다. 그 애들에게 둘러싸인 나는 겁을 먹었다. 하지만 적어도 성폭행 같은 짓은 하지 않을 것이라고 생각했다. 나는 그런 대상조차 되지 못한다는 점이 그때처럼 다행으로 여겨진 적은 없었다.

그렇다면 나에게는 저 애들에 대항해 끝까지 싸우거나, 저 애들이 지쳐 나가떨어질 때까지 맞아 주면서 싹싹 비는 방법이 있을 것이다. 나는 죽을 때까지 싸워 보는 쪽을 선택했다. 나중을 생각해서였다. 지금 내가 만일 저 아이들이 원하는 대로 맞아 주면서 비는 쪽을 택한다면, 저 아이들은 나를 상대로 흥미를 잃을 때까지 이런 식의 장난을 계속하려고 들 것이다.

하지만 지금 내가 '죽기 살기'로 맞서 싸운다면 이기지는 못하겠지만, 저 아이들을 힘들게 할 수는 있다. 어쩌면 공포를 느끼게 할 수 있을지도 모른다. 그러면 아이들은 재미로 시작한 일치고는 너무 버겁다고 생각할지 모른다. 그러면 슬며시 이 장난에서 발을 뺄지도 모른다. 장난을 그만두는 이유로 내 덩치와 관련한 더러운 욕설을 퍼붓는 것 따위는 아무것도 아니다.

어쨌건, 빌거나 맞아 주는 방식이 더 나쁜 선택이라는 결론에 도달했다.

하늘 높은 곳에 검은 새 한 마리가 날아가고 있었다. 곧 석양이 질 것이다. 하필 하늘이 너무 아름답다는 생각이 들었다.

나는 가방을 멘 채로 공격해 오는 아이들을 상대했다. 가방이 등을 보호해 주는 역할을 했다. 나는 아이들이 가방을 벗어 던질 때 그들이 특공 무술 따위는 배워 본 적이 없는 오합지졸이라는 것을 눈치챘다. 아니면 자신감이거나 호기였든지. 나는 초등학교 6학년 때 잠시 특공 무술을 배웠다. 태권도 학원을 다니는 중이었는데 어쩐지 성에 차지 않아 방학을 이용해 특공 무술까지 배운 것이었다. 특공 무술에서 처음 배우는 것은 공격하는 방법이 아니라, 자기 몸을 보호하는 방법이었다.

그때 나는 특공 무술을 익혀 좋아하던 남자 배우의 경호를 공짜로 해 주려고도 마음먹었었다. 그 잘생긴 배우를 사귀어 볼 수는 없지만, 적어도 보호해 줄 수는 있다고 생각한 어린 소녀가 아직 내 안에 있다는 것을 저 애들이 알까? 나는 고요히 아이들을 건너다보았다. 이윽고 아이들이 자를 높이 치켜들고 덤볐다.

싸움은 지루했다. 상대에게는 무기가 있었고, 나는 맨손이었다. 상대는 바지 차림이고, 나는 치마 차림이었다. 그때만큼 치마가 불편했던 적은 없다. 하지만 나는 방어하고 공격할 때마다 2년간 내 몸속에서 잠자고 있던 특공 무술의 감각이 하나씩 되살아나는 것을 느꼈다. 나는 적어도 상대 아이들처럼 마구잡이 공격은 하지 않았다. 나는 지치지 않도록 어떤 절도를 지켜 나갔다.

상대는 조잡했다. 나도 실전 경험은 없었다. 기껏 2년 정도 태권도 학원에 다니고, 특공 무술의 기초를 배운 게 다였다. 그래서 더욱 배운 대로 했다. 배웠던 공격과 방어 자세를 하나씩 구사해 나갔다.

나는 상대 아이들이 지쳐 가는 것을 계산하고 있었다. 어쩌면 이 놀이를 지루해하는 것일 수도 있다고 생각했다. 아니면 나의 대응에 좀 놀랐거나.

마침내, 그들 중 리더쯤 되는 녀석이,

야, 그만하자. 뭐 싸움이 돼야 말이지.

하고 소리쳤다. 그러자 다른 아이들이 기다렸다는 듯이 손을 털었다.

저건 인간도 아냐!

하면서 침을 뱉었다.

하지만 나는 상황이 완전하게 종료되기 전까지 방어 자세를 풀지 말아야 한다는 특공 무술의 기본을 충실히 지키고 있었다.

물러나면서 상대 아이들이 웃었다. 무시무시한 개그를 구경했다는 듯이.

아이들이 버려진 공터를 벗어나 시야에서 완전히 사라질 때까지 나는 자세를 풀지 않고 그대로 서 있었다.

마침내 아이들이 완전히 사라지자, 치마와 손을 털고 그곳을 걸어 나왔다.

일고여덟쯤 되어 보이는 아이들이 우르르 달려가는 게 보였다. 숨어서 우리 싸움을 지켜보던 아이들이었다.

어느덧 주변이 꽤 어두워져 있었다.

나는 머리를 풀어 다시 묶고, 아파트 신축 공사 현장을 지나 익숙한 거리로 돌아왔다. 찢어진 교복과 상처 난 얼굴을 어둠 속에 감추고 집까지 걸었다.

나는 그날의 일을 학교에 알리지 않았고, 상대 아이들도 그날 이후로 나를 건드리지 않았다.

하지만 그날의 일은 삽시간에 퍼져 나갔다. 그리고 나는 전설이 되었다. 전설이 됨과 동시에 혼자가 되었다.

벌써 2년 전 일이었다. 그런데 그때 그 아이들과는 다른 이유에서 조가 나를 필요로 하고 있었다.

*

다음 날이었다. 조가 점심시간에 나를 찾아왔다. 자기 패거리 애들 세 명을 데리고 왔다. 지난밤 우리 집에 왔던 두 명과 다른 아이 한 명이었다.

이번 토요일이야.

나는 참고서를 펼쳐 내려다보고 있었다.

토요일 날 수업 끝나고, 일단 너네 집에 모여서…….

우리 집에선 안 돼.

내가 조의 말을 잘랐다.

거기밖에 없어.

조가 받아쳤다. 하지만 나도 더는 안 된다는 태도를 분명하게
보여야 했다. 나는 펼쳐 둔 참고서를 탁, 덮었다. 그러자 조가 한
발 뒤로 물러섰다. 그 통에 조의 방울 소리가 잘각거렸다.

이유가 뭐야?

두말하고 싶지 않아.

조가 잠시 생각하는 눈치였다.

할 수 없지. 그럼 내가 다른 장소 알아볼게.

그렇게 해.

나는 조처럼 말했다. 조가 잠시 나를 내려다보다가 말했다.

일단 토요일에 모이는 것만 정해 두자. 장소는…… 그날 되는
대로 하지.

알았어.

내가 이만 가 보라는 식으로 짧게 답했다. 그러자 조가 패거리
를 향해 눈짓을 했다. 아이들이 일시에 움직였다.

잘각잘각.

조가 방울 소리를 내면서 교실을 빠져나갔다. 같은 반 아이 서
너 명이 나를 힐긋힐긋 쳐다보았다. 나는 짝에게 말하듯 반 전체
를 향해,

별일 아냐.

했다. 반 아이들 모두 모르는 척했지만, 실은 나에게 집중하고 있었다. 그러다 내가 별일 아니라는 말을 공개적으로 날리자 일시에 웅성거리기 시작했다. 나는 다시 참고서를 펼쳤다.

이건 정말 별일 아닐 것이다. 나는 조를 좋아하지만 그 패거리들 일에 엮이는 것은 백번이고 사양할 것이다. 그러니 조 패거리들과 어울리는 일은 이번 한 번뿐이다. 나는 펜 끝으로 참고서를 꾹 찍어 눌렀다.

*

며칠 동안 조가 우리 교실에 나타나지 않았다. 집으로 찾아오지도 않았다. 나는 조가 약속을 지킬 모양이라고 생각했다. 내 생각대로 이번 한 번만 조 패거리와 어울릴 것이다. 아무리 조를 좋아한다 해도 그 패거리와는 더는 어울리지 않을 것이다. 그렇게 생각하는 것만으로도 홀가분했다. 차라리 빨리 토요일이 되었으면 좋겠다는 생각마저 들었다.

그사이 엄마가 만들어 준 밑반찬은 다 떨어졌다. 벌써 며칠째 달걀 프라이만 해 먹자니 지겨웠다. 달걀 프라이에서 비린내가 났다. 집에 가서 또 달걀 먹을 생각을 하니 구역질이 났다.

집에 가는 길에 사거리 파리바게트에 들러서 식빵과 딸기잼을 샀다. 달걀 프라이보단 빵이 나을 것 같았다. 점심과 저녁은 학교 급식으로 해결하고, 아침 한 끼만 해 먹으면 되었다. 엄마가 반찬을 해다 넣어 줄 때는 밥만 퍼서 먹으면 되었는데, 반찬이 떨어지니 여간 피곤한 일이 아니었다.

양말 빨래와 속옷 빨래도 밀리고, 더러워진 교복은 그냥 입고 다니기도 했다. 세탁기 버튼 몇 개 누르는 게 바위를 언덕 위로 밀어 올리는 일만큼이나 귀찮았다.

토요일에 엄마를 보러 가려고 했는데 계획이 어그러졌다. 엄마한테 무슨 핑계를 대야 할지도 생각해 둬야 했다.

기온이 높아지고 있었다. 밤에도 더웠다. 게다가 끈적였다. 처음으로 에어컨을 틀어 보았다. 가동이 제대로 되지 않고 냄새만 지독하게 났다. 어딘가 고장 난 모양이었다. 엄마가 올 때까지는 참아야 했다. 혼자 있을 때는 관리실이든, 애프터서비스 센터든, 어디든 연락하지 말아야 했다. 엄마와 그렇게 말을 맞추었다. 아무리 덩치가 크다 해도 열일곱 살짜리 여고생이 혼자 사는 걸 들켜서 좋을 일은 하나도 없다. 엄마가 산후조리를 다 마칠 때까지 이런저런 불편함을 참는 수밖에 없었다.

*

　금요일에 버스 정류장에서 조와 패거리 애들을 봤다. 조도 나를 보았다. 하지만 알은 체하지 않았다. 나 역시 알은 체하지 않았다.

　그런데 집에 와서 씻고 나오니 조의 문자가 와 있었다.

　나올래?

　아니.

　답을 보냈다. 잠시 뒤 조의 답이 왔다.

　내일 알지?

　알아.

　답을 보내고 나서 책을 꺼내 들고 책상에 가 앉았다.

　이번 한 번뿐이다.

　나는 책 모서리에 그렇게 썼다.

　사실 이번 일도 하지 않을 수 있었다. 나에게는 아직 선택할 기회가 있었다. 조의 부탁을 들어줄 수도 있고, 거절할 수도 있었다. 조의 부탁을 거절하기 위해서는 몇 가지 변명이 필요할 것이다. 동시에 각오해야 할 것도 있었다. 조와 패거리들은 거절을 순순히 받아들이지 않을 것이다.

　어쩌면 거절하는 게 부탁을 들어주는 일보다 쉬울 것이다. 미안하지만 못하겠다, 한마디면 될 것이다. 그러면 조는 화를 내겠지만, 더 이상 어쩌겠는가. 내가 안 하겠다고 끝까지 우긴다면 조라고 해도 별수 없다. 단체로 몰려와 싸움을 건다면 상대해 줄 것이다.

정말 힘든 쪽은 조의 부탁을 들어주는 일이었다. 그 일은 나를 설득시키는 과정이 필요했다. 조의 부탁은 분명 악의적이었다. 조 스스로 나쁜 뜻을 갖고 있었으니까. 나쁜 일에 발을 담그자면 생각이 있어야 했다. 나쁜 일을 하려면 좋은 일보다 더 생각을 많이 해야 했다. 그러므로 조의 부탁을 들어주려면 내 나름의 논리가 필요했다.

'나는 왜 조의 부탁을 들어주어야 하는가?'
라는 질문에 대해 스스로를 납득시킬 만한 답을 찾아야 했다.

내가 왜 조의 일에 동참해야만 하나? 생각하기 위해서는, 먼저 내가 왜 조를 좋아하는가를 생각해야 했다.

조.

나는 무엇 때문에 조를 경멸하면서 조가 가까이 접근하는 것을 허용하나?

조.

그 애가 내 곁에 다가올 때마다 '잘각잘각' 흔들리는 티타늄 방울 소리, 나에게만 보여 주는 어린애 같은 미소, 씁쓸한 향기를 풍기는 조 특유의 향수 냄새, 손바닥만 하게 줄여 입은 교복의 기막힌 어울림, 길고 흰 팔, 그 검푸른 염색 머리칼, 윤기 없는 붉은 입술을 작게 오므릴 때마다 긴장하게 만드는 주름, 상식적인 동공 크기에서 벗어나 보이게 만드는 새까만 서클렌즈, 그런 것 때문인가? 나는 생각했다.

내가 왜 조, 그 애를 좋아하나?

스스로에게 물었다.

그러자 한 가지 희미한 느낌이 잡혔다.

감각적인 어떤 것. 나의 눈과, 나의 귀와, 나의 코, 나의 손끝에 작용하는 어떤 거부할 수 없는 힘, 그런 감각의 힘을 조는 가지고 있었다. 영화 속의 캐릭터를 바로 곁에서 보는 착각이 들게 만들었다. 아이들은 그런 조를 선망하고, 그런 조한테 열광했다. 조는 우리가 가까이서 볼 수 있는 셀러브리티였다.

나는 바로 그런 조에게 굴복되었고, 그 때문에 조를 좋아하고 있었다. 남자아이들이 최신형 무기나 최신 휴대폰 제품을 가진 자들에게 이끌리듯 나는 조가 재현한 캐릭터에 이끌렸던 것이다.

조와 어울리는 일은 내가 원하는 일이 아니었다. 그건 못된 일이었다. 비열한 일이었다. 그런 일에 어울리자면 뒷감당을 각오해야 했다. 그래서 조와 어울리면서도 끊임없이 회의하겠지만, 그래도 조를 도와야 했다. 그건 내가 조를 원하고 있기 때문이었다. 조를 돕는 일에 내가 기쁨을 느끼기 때문이었다. 조가 나를 완전히 떠나도록 내버려 두고 싶지 않기 때문이었다.

*

토요일이었다. 교문 근처에 있는 버스 정류장에서 조 패거리와 만났다.

일단 노래방으로 가자.

조가 말했다. 나도 조 패거리의 일상생활이 어떤지는 알고 있었다. 사실 패거리 아이들이 한꺼번에 모여 이야기를 나누고 놀만한 장소는 거의 없었다. 구지구의 폐허나 구석진 노래방 정도가 다였다. 나는 아이들에 섞여 버스에 올라탔다. 근처 다른 고등학교와 중학교도 모두 비슷한 시간에 끝나기 때문에 버스는 학생들로 꽉 찼다.

조를 쳐다보지 않는 아이가 없었다. 조가 어떤 아이인지 아는 아이나, 모르는 아이나, 쳐다보는 건 마찬가지였다. 확실히 조에게는 시선을 잡아끄는 뭔가가 있었다. 남자아이들뿐 아니라 여자아이들도 마찬가지였다. 조 역시 아이들의 시선을 느끼고, 그 시선을 즐겼다. 조는 그런 종류의 존재감을 먹고사는 아이였다. 희미하게 미소 짓는 조의 옆얼굴을 나는 보았다.

그 순간, 나는 조와 한 무리에 있다는 것이 자랑스러웠다. 그리고 바로 다음 순간, 그런 나 자신 때문에 소스라치게 놀랐다. 나는 생각을 다시 해야 했다.

조를 도와주는 것은 이번 한 번뿐이다. 나는 조 패거리가 아니다. 나는 다만 조를 좋아할 뿐이다. 조가 내 곁을 완전히 떠나기를 원치 않는다. 그래서 부탁을 한 번 들어주는 것뿐이다. 그러니 이번이 마지막이다. 나는 온 힘을 다해 생각했다. 이번이 마지막이다.

노래방 주인아줌마가 조를 반겼다. 조가 몇 마디 하자 아줌마가 방을 정해 주었다. 나는 아이들을 따라 방으로 들어갔다. 조가 계산을 하고 오는 동안 모두 묵묵히 앉아 있었다. 아무도 노래를 부르거나 탬버린을 흔들지 않았다. 마침내 조가 문을 밀고 들어오자 일제히 술렁거렸다.

모여 봐.

조의 계획은 이랬다.

저녁 일곱 시에 신가다 패거리와 만나서 구지구에 있는 약수터로 간다. 그곳은 밤에는 사람이 거의 없으므로 무슨 짓을 해도 괜찮다. 이미 시간 약속은 되어 있다. 신가다 애들도 다섯 명이 나올 것이다. 우리는 5+1명이다. 그 +1명이 바로 '나'다. 나는 비밀 병기인 셈이다. 신가다 애들을 잡느냐 못 잡느냐는 거의 전적으로 나에게 달렸다.

조 패거리는 수첩에 '조직 계보도' 같은 것도 그려 가지고 다닌다는 소문을 들은 적이 있는데, 정말인 것 같았다. 만일 정말 그런 게 있다면, 조가 계급 피라미드 최고 정점에 있을 것이다.

한 아이가 물었다.

이긴 뒤에 신가다 애들을 어떻게 처리할 거야?

다른 아이가 말했다.

우리 조직에 넣어 줘야 할까? 아니면 밑으로 집어넣어 버릴까?

아이들이 모두 조만 바라보았다.

그건 이긴 뒤에 생각하자. 이긴 뒤에는…… 음…….

조가 물어뜯은 손톱을 뱉어 내면서 말을 이었다.

일단 벌부터 내려야겠지. 그런 다음에 받아들일지, 따로 관리할지 다시 회의하자.

만약 지면?

한 아이가 질문했다.

순간, 조가 고개를 갸웃했다. 갸웃하는 순간, 조는 사이보그 같았다. 더는 생각하고 싶지 않다는 표정 매뉴얼을 작동 시키는 사이보그. 피부가 수은처럼 반짝이는 사이보그.

아이들 사이에 긴장이 흘렀다. 조가 나를 건너다보았다.

그럴 리가. 얘가 있는데.

나는 아무 대답도 하지 않았다. 나 역시 조와 마찬가지로 싸움에 질 리는 없다고 생각했다. 하지만 그런 말은 함부로 내뱉어서는 안 된다. 조 패거리들의 싸움은 일반적이지 않을 것이다. 그래서 입을 다물고 있었다. 그런 나를 조가 지긋이 바라보았다. 그 순간 나는 조가 나의 이런 과묵함을 좋아한다고 생각했다.

노래방으로 탕수육과 짬뽕이 배달되어 왔다. 조와 아이들에게는 이미 익숙한 일인 것 같았다.

일단 먹어.

조가 말했다. 나무젓가락을 쪼개면서 조가 한 아이를 지목해 말했다.

걔들 한번 불러 봐. 오나 안 오나 보게.

조의 지시에 따라 한 아이가 폰을 꺼내 들고 문자를 넣었다.

그 새끼들 분명히 신가다 애들이랑 놀고 있을 거야.

다른 아이가 툴툴거렸다.

한참 뒤에 답 문자가 왔다. 문자를 넣었던 아이가 자기 휴대폰을 조에게 주었다. 조가 문자를 보자마자 휴대폰을 의자 위로 집어던졌다. 패거리에서 가장 눈치 없어 보이는 아이가 말했다.

다른 애들 부르자. 다른 애들이랑 놀아도 되잖아.

일순 조의 얼굴에 특유의 싸늘함이 감돌았다.

누구도 더 이상 말을 꺼내지 못했다. 한마디라도 잘못 꺼냈다가는 어떤 일을 당할지 모를 분위기였다. 조가 입을 열지 않는한 입안에 있는 음식도 삼키지 못할 것 같은 분위기였다.

자 자, 놀자.

이윽고 조가 분위기를 풀었다. 그러자 아이들이 일시에 움직이기 시작했다.

노래방에서 시간을 보내고 밖에 나온 때가 오후 여섯 시쯤이었다.

던킨 가서 팥빙수나 한 그릇씩 먹고 가자.

조가 휴대폰으로 시간을 확인하면서 말했다. 우리는 사거리에있는 도넛 가게로 몰려갔다. 나는 팥빙수와 바바리안 크림이 들어 있는 도넛을 먹었다. 다른 아이들도 팥빙수와 각자 골라 온도넛을 먹었다. 조는 아무것도 먹지 않았다. 그 애는 뭘 먹는 일에 별 흥미를 보이지 않았다. 대신 조는 화장실에 다녀왔다. 가방에서 카멜 색의 작은 '파우치'를 꺼내 들고 다녀온 것을 보면담배를 피우고 온 것이 분명했다. 조가 옆에 앉자 담배 냄새가 났다. 조는 생수를 들이켜고 입안을 헹궜다.

계산은 조가 했다. 사실 계산은 조가 하고 있었다. 노래방, 중국 요리, 도넛 가게 모두 그랬다. 나는 그 애의 할머니를 얼핏 떠올렸지만 깊이 생각하지 않았다.

조가 일어서자 모두 따라 일어섰다. 우리는 사거리에서 구지구로 향하는 대로를 따라 걸었다. 신지구와 구지구는 동떨어져 있지 않았다. 사거리에서 얼마만 걸어가면 구지구였다.

구지구 입구였다. 조와 아이들은 구지구에 익숙한 것 같았다. 나는 구지구 안으로 들어가는 건 처음이었다. 2차선 도로를 따라 한참 걷다가 승합차 한 대가 빠져나오는 샛길로 들어갔다. 조금 더 들어가자 빈 공장들이 보이기 시작했다. 공장 사이사이 주택들이 있었다. 주택들 역시 폐허였다. 사람이 살지 않는 건물은 금방 표가 났다.

구지구는 철거를 앞둔 폐쇄 구역이었다. 철거된 뒤에는 대단지 아파트가 들어설 예정이었다. 건물 벽이나 담벼락에 검은색, 붉은색 페인트로 거대한 'X'표들이 그려져 있었다. 담벼락이나 건물 벽을 따라 이런저런 플래카드들이 가로 혹은 세로로 걸려 있었다.

철거 반대.

생존권을 보장하라.

음산하고 쇠락한 기운이 꿈틀거렸다. 곧 어두워질 것이라서 더 그렇게 보였는지 몰랐다. 우리는 묵묵히 걸었다.

사람은 없나, 젠장.

누군가 투덜거렸다.

아직 이사 안 간 공상도 있어.

그래?

이사 안 간 사람도 있어.

정말?

할머니들…….

아이들은 동시에 꺅 소리를 질렀다. 이상했다. 할머니가 귀신보다 무섭게 느껴지는 존재 같았다.

한참 더 들어가자 저 앞에 애들이 보였다. 신가다 애들인 모양이었다. 다섯 명이었다.

와 있네.

조가 한마디 했다.

쟤들은 다른 길로 왔나 보네.

구지구 약수터에 이르는 길은 여러 갈래가 있었다. 신지구 아파트 단지 후문에서 산으로 올라가는 길을 통해 약수터에 이르는 길도 있었다. 하지만 그 길은 등산객들이 이용하는 길이었다. 패거리 애들이 우르르 몰려다니기엔 적당하지 않았다. 하지만 어쨌든 약수터에 이르자면 등산객들이 이용하는 길도 어느 정도 걸어야 했다.

약수터까지 갈 거 뭐 있어.

한 아이가 나와 같은 생각을 뱉었다.

요 며칠 방범이 돌아. 얼마 전에 구지구 안에서 사고 있었잖아. 요즘은 약수터가 더 편해.

조가 답했다.

신가다 아이들은 우리를 보더니 앞서 올라가기 시작했다. 그 애들 때문에 상대적으로 구가다가 되어 버린 조 패거리와 나 역시 말없이 산으로 걸어 올라갔다. 가끔 등산을 마치고 내려오는 사람들과 마주쳤다. 사람들은 우리를 두려워하면서도 경멸하는 듯한 눈으로 쳐다보면서 지나갔다. 그러다가 구경하듯 노골적으로 본다 싶은 한 등산객에게 신가다의 리더처럼 보이는 아이가,

뭘 봐!

하며 겁을 주었다.

상대가 어른이건 아니건 상관없었다. 상대의 태도에 따라 이 애들의 태도도 달라졌다.

한 아줌마가 하얀 강아지 한 마리를 데리고 내려오고 있었다. 신가다, 구가다 모두 강아지 앞으로 모여들었다. 강아지가 먼저

아이들을 향해 꼬리를 치며 반가워했다.

아이들이 하얀 강아지한테 달라붙어서 귀여워 죽겠다고 난리였다. 가만히 서 있는 사람은 나와 강아지 주인뿐이었다. 아줌마와 눈이 마주쳤다. 아줌마는 나를 이 아이들의 대장쯤으로 생각하는 것 같았다. 아줌마의 시선을 피했다.

구지구에서 거의 30분을 걸어 약수터에 도착했다. 아직 싸움을 하기에는 충분히 어둡지 않았다. 약수터에는 물을 가득 담은 약수통을 들고 가는 사람과 운동 기구를 이용하는 사람들이 몇 있었다.

갑자기,

캬악!

누가 먼저랄 것도 없이 아이들이 소리를 지르면서 운동 기구들을 향해 뛰어 내려갔다. 갖가지 운동 기구를 하나씩 차지한 아이들이 천진난만하게 웃고 떠들었다. 소리 지르면서 야단법석을 떠는 아이들 때문에 약수터에 있던 어른들은 놀라면서도, 소녀다운 발랄함에 찬사를 보내는 시선으로 바라보았다. 이 아이들은 어쨌든, 아직 소녀였다.

하지만 이 아이들은 알고 있었다. 자신들이 불량해 보인다는 것. 그래서 위험해 보이지 않도록 위장해야 한다는 것. 그래야 어른들이 약수터에 불량한 아이들이 모여 있다는 민원을 넣지 않을 것이다. 불량기가 자신들을 보호해 주는 무기도 되지만, 때에 따라서는 범죄자 취급을 받을 수도 있다는 것을 늘 염두에 두고 있어야 했다.

나는 약수터 한가운데 조악하게 지어 올린 정자에 앉아 있었다. 조는 유난히 길게 늘어뜨린 그네에 엉덩이를 걸치고 앉아 재미 삼아 흔들거리고 있었다.

완전히 어두워질 때까지 기다려야 할 모양이었다.

어둠이 깔리는가 싶더니 금세 깊어졌다. 약수터에 가로등은 없었다. 약수 받는 곳에서 누군가 손전등을 희미하게 비추고 물을 받을 뿐이었다. 우리는 손전등을 든 사람이 물통을 들고 약수터를 완전히 빠져나가는 것을 지켜보았다. 이윽고 약수터에는 우리만 남았다.

흩어져 있던 아이들이 모였다. 시소를 사이에 두고 두 무리로 갈라져 마주 섰다. 싸움을 시작하기도 전에 신가다 아이들 쪽에서 동요가 있는 것 같았다. 자기들끼리 의견이 분분한 모양이었다. 거리가 좀 떨어져 있어서 말소리는 잘 들리지 않았지만, 분명히 그런 분위기였다.

조 패거리와 나는 가만히 그 애들의 반응을 지켜보고만 있었다. 정확하진 않지만 저쪽에서 겁을 먹었다는 느낌이 들었다. 조도 신가다 애들이 겁먹었다는 것을 눈치챘다.

별것도 아닌 것들이.

들릴 듯 말 듯한 목소리로 조가 내뱉었다.

이윽고, 신가다 패거리가 우리 쪽으로 다가오기 시작했다. 조가 치마를 탁, 털었다. 우리 모두 일제히 자세를 고쳐 잡았다.

신가다 패거리에서 한 아이가 두어 걸음 앞서 나왔다. 그리고 그 애가 먼저 걸음을 멈추었다. 그러자 뒤에 오던 아이들도 모두 멈춰 섰다. 우리와 그 애들 사이는 세 걸음 정도 떨어져 있었다.

우리가 졌어!

싱겁게도 신가다의 리더 입에서 그런 말이 나왔다.

조는 잠시 생각하는 듯했다. 무서운 침묵이 흘렀다. 모두 조의 침묵을 견디고 있었다. 이윽고 침묵을 깨고 조가 말했다.

왜, 한번 해 보지?

가볍고 날카로운 말투였다.

쟤가 진짜 올 줄 몰랐어.

턱으로 나를 가리키며 말했다.

다시 무서운 침묵이 흘렀다. 조가 입을 열기 전에 누구도 입을 열어서는 안 되었다.

조는 자존심에 약간 상처를 입은 듯했다. 나에게는 그렇게 보였다. 신가다 애들이 싸움을 포기한 이유가 조 때문이 아니라 '나' 때문이라는 말을 조가 받아들이는데 시간이 걸리는 것으로 느껴졌다. 조는 약간 위태로워 보였다. 손을 탈탈 털고 발끝으로 땅을 후벼 팠다.

이윽고 조의 결정이 떨어졌다.

좋아. 받아들이지. 하지만 그냥은 안 돼.

알아.

저쪽의 대답이었다. 조가 정리한다는 투로 말을 이었다.

두 가지 조건이 있어. 먼저 벌을 받아야겠지.

각오하고 있어.

저쪽의 대답은 의외로 담담했다.

그리고…… 두 번 다시 남자애들 곁에 얼씬거리지 않는 거야. 깨진 맥주병 맛을 보고 싶지 않다면! 알지?

신가다 애들 쪽에서 약간 동요가 일었다. 반발의 낌새 같은 거였다. 그러나 곧 잠잠해졌다.

여기 한 줄로 서.

신가다 아이들은 조가 시키는 대로 따랐다. 조가 먼저 신가다 아이들의 따귀를 한 대씩 치고 지나갔다. 아주 매서운 솜씨였다. 조가 한 것처럼 조 패거리들 모두 신가다 아이들 뺨을 한 대씩 치고 지나갔다. 뺨을 때리는 소리는 차이가 있었다. 소리의 크기는 각자가 가진 대담성의 크기와 비례했다. 내 차례였다. 조가 내 등을 앞으로 밀었다. 내가 말했다.

저 애들이 다섯 명이니까, 이쪽도 다섯 명만 하면 되겠네.

일순, 숲 전체가 조용해진 것 같았다. 조가 서둘러 마무리했다.

그래, 그게 이치에 맞아.

모든 결정은 조가 내려야 하므로 모두 조의 명을 따랐다.

싱거운 싸움을 끝낸 우리는 왔던 길을 되짚어 나왔다. 구지구를 통과할 때는 신가다, 구가다 할 것 없이 모두 한 덩어리로 뭉쳤다. 사람이 살지 않는 폐쇄 구역은 숲보다 으스스했다. 구지구 입구까지 걸어 나왔더니 입구의 한 공장에 불이 밝혀져 있었다. 공장 앞에 몇 개의 회사 간판이 나란히 걸려 있었다. 여러 공장이 함께 사용하는 건물인 모양이었다. 그 건물 1층과 곁에 있는 사택에 불이 밝혀져 있었다. 사택에서 누군가 현관문을 열고 나섰다. 그 순간 우리는 대로변 쪽으로 동시에 달렸다. 한참 달리는데,

야, 왜 뛰고 난리야!

하고 누군가 외쳤다. 그러자 우리는 또 동시에 멈췄다.

아직 이사 안 간 공장이 있네.

그러게.

여기도 이제 못 와. 곧 철거 시작이래.

여기 공사 쉽게 못 할 거라던데.

누가 그래?

어디서 들었어.

야, 난 빨리 아파트 단지 들어서면 좋겠다.

왜?

우리 엄마는 여기 아파트에서 살게 될 날만 기다려. 분양받았거든.

좋겠다.

아이들이 낄낄거리면서 웃었다. 나 역시 슬며시 웃었다.

마침내 사거리에 이르자 조가 말했다. 조가 우리를 아까 그 노래방으로 이끌었다. 아이들은 노래방에서 조직의 계보도를 다시 그릴 것이었다. 두 개의 조직이 하나로 합쳐지면서 서열에 변화가 생길 것이었다. 나는 관심 없었다. 그렇게까지 조 패거리의 일에 끼어들고 싶지는 않았다.

엄마한테 가 봐야 해.

내가 말했다. 그러자 조가,

엄마가 병원에 있으니, 할 수 없지.

이탈을 허락해 주는 태도를 취했다. 조는 내 등을 두드리며 '오늘 수고했어'라고까지 했다.

등에 소름이 돋았다. 얼음처럼 차가운 소름이었다. 하지만 소름이 가라앉자, 정신이 흔들리는 것을 느낄 수 있었다. 조 때문에 고통스러웠다. 원치 않는 일에 합류해서가 아니라, 그 일에서 벗어날 수 없을 것 같은 기분 때문에 고통스러웠다.

*

집으로 돌아온 나는 불도 켜지 않고, 교복도 갈아입지 않은 채 침대에 누웠다. 실제로 싸운 것처럼 지쳐 있었다. 손가락 하나 까닥할 수 없었다. 그대로 누운 채 자 버렸다. 다음 날 눈을 뜨자 오전 열 시가 넘어 있었다.

월요일부터 기말고사 시작이라는 게 불현듯 생각났다. 급히 일어나 샤워를 하고, 빨랫감을 세탁기 속으로 던져 넣고는 버튼을 눌렀다.

냉장고 문을 열었다. 냉장고 안에는 콘칩 한 봉지와 먹다 남은 오렌지 주스, 그리고 달걀 두 개뿐이었다.

달걀 두 개를 프라이팬에 깨 넣고 젓가락으로 마구 휘저은 뒤 접시에 쏟았다. 접시에 옮겨 담은 달걀과 콘칩과 오렌지 주스를 책상 위에 놓고는 참고서를 펼쳤다. 먹으면서 참고서를 읽을 생각이었다. 시험공부를 시작하기 전에 엄마한테 문자를 넣었다.

낼부터 시험이라 못 감.

금방 답이 왔다.

그래.

뭔가 맥이 빠진 답이었다. 하지만 신경 쓸 여력이 없었다. 참고서를 펼쳤다.

조는 지금 어디서 무엇을 하고 있을까?

순간적으로 조가 떠올랐다. 조 생각을 떨쳐 내기 위해 머리를 흔들었다.

달걀 두 개, 콘칩, 주스를 먹고 마셔 가면서 영어 참고서를 훑어 나갔다. 오랜만에 공부가 잘되었다. 하긴 그렇게 오래 잤으니 공부가 잘돼야 마땅했다.

저녁 무렵이 되어서야 배고픔을 느꼈다. 생각해 보니 저녁은 물론이고, 내일 아침도 걱정이었다. 뭔가를 좀 사 와야 했다. 지갑을 들고 집을 나섰다. 김밥천국에 가서 김밥을 사 와 그걸 먹으면서 시험공부를 계속할 생각이었다.

하지만 가게에 들어서는 순간 수제비가 먹고 싶어졌다. 음식 냄새가 났던 것이다. 나는 의자를 빼내 앉아서 수제비를 주문했다.

수제비를 먹고 돌아오는 길에 과일 가게에서 오렌지를 샀다. 다섯 개들이 한 묶음이었다. 그런 다음 사거리 마트에 들러 다음 날 아침에 먹을 빵 등을 사 가지고 서둘러 집을 향해 걸었다.

편의점 앞 파라솔 아래 남자아이들과 여자아이들이 모여 있었다. 일요일인데도 교복을 입은 아이들이 여럿 보였다. 사복을 입은 아이도 있었다. 여자아이들은 조 패거리였다. 멀리서도 알 수 있었다. 남자아이들은 조와 어울리던 아이들에 낯선 아이들도 몇 섞여 있었다. 모두 합해 스무 명은 되어 보였다.

조는 많은 아이들 속에 섞여 있어도 금방 알아볼 수 있었다. 조는 한 남자아이와 붙어 앉아 있었다. H일 것이다. 신가다 애들은 안 보였다. 남자애들 숫자는 예전에 비해 두 배쯤 늘어난 것 같았다. 그 많은 아이들이 조와 조의 남자친구 주변을 둘러싸고 있었다. 조는 굉장히 기분 좋아 보였다.

나는 편의점 바로 앞으로 지나가지 않았다. 조는 좋지만, 다른 아이들과 어울리는 일은 피하고 싶었다. 나는 되도록 편의점에서 멀리 떨어진 채 지나왔다. 조가 나를 보았을 법한데 부르지는 않았다.

조 패거리가 보이지 않는 지점에 이르러서 나는 뛰었다. 원룸 건물 1층에서 4층까지 단숨에 뛰어올랐다.

*

　시험은 공부한 만큼 봤다. 내신은 그럭저럭 따라가기 수월했다. 공부한 만큼 성적이 나와 주었다. 하지만 수능 모의고사는 달랐다. 꽤 애쓰는데도 점수가 엉망이었다. 나는 내신으로 자신감을 회복했다가도 모의고사로 다시 침울해지곤 했다. 어쨌든 기말고사 첫날 시험 본 과목들은 중간고사 때보다 점수가 조금씩 올랐다.

　종일 조도 찾아오지 않았다. 문자도 없었다. 그 애도 시험 기간에는 조심하는 모양이었다. 그렇게 생각하니 웃음이 났다.

　시험이 끝나자마자 서둘러 집으로 돌아왔다. 시험 기간에는 학교에서 점심밖에 주지 않기 때문에, 저녁밥과 아침밥을 스스로 챙겨 먹는 일이 너무 번거로웠다. 급식 때문에라도 시험이 빨리 끝나기를 바랐다.

*

　기말고사 기간 중에도 조에 관한 소문은 여전했다. 그 무렵은 조와 H에 대한 소문이 함께 돌았다. 나는 H에 관한 소문을 그때 처음 들었다.

H는 유학파였다. 초등학교 2학년 때 호주로 유학 갔다가, 중학교 3학년 때 한국으로 다시 돌아왔다고 했다. 유학 다녀온 아이들은 흔했지만, 특히 H는 아버지 사업이 망하는 바람에 유학 생활을 접고 되돌아오게 된 '비운의 유학파'에 속했다. H 말고도 비운의 유학파가 더러 있었지만, H만큼 잘생긴 애는 드물다는 게 일반적인 의견이었다.

H는 잘생겼다기보다는 생김새로 어떤 사람인지 알 수 없게 생겼다고 하는 편이 정확했다. 옆으로 길게 찢어진 큰 눈, 뾰족한 턱, 지나치게 너무 높은 코, 호리호리한 체형, 근육 같은 건 한 팩도 없어 보이지만 손바닥으로 한번 쓸어 보고 싶게 만드는 등허리, 그리고 외국어를 하듯 발성하는 건조한 한국어 말투가 H의 특징이었다.

H는 어떤 일에 대한 주장도 견해도 없고, 성격만 살아 있어서 예기치 않은 순간에 잔혹함을 드러낸다고 했다. 그런 비운의 유학파 H를 조가 차지하는 것은 어쩌면 당연한 일이었다. 조가 아니면 누가 H의 부담스러운 외모와 잔인한 성격과 불운을 감당할 수가 있겠는가.

그 무렵 조는 한번 마음에 든 남자아이는 어떻게 해서든 차지했으며, 실컷 놀고 난 뒤에는 조직의 그 누구와도 더 이상 말을 섞지 못하도록 만든다는 소문이 돌았다. 그런데 H는 예외였다.

H는 신가다 애들과도 잘 놀았고, 구가다인 조 패거리와도 잘 어울려 논다고 했다. 누가 자신을 선택하든 기분이 상하지 않는 한 잘 노는 성격인 모양이었다.

조가 그런 H를 위해 나까지 동원해서 신가다 애들을 위협하려고 했다는 것을 생각하면 웃음이 났다.

H는 남자애들 조직에 들어가기 위해 자신을 좋아하던 여자애 하나를 선배와 친구들에게 제공했다는 악의적인 소문을 가지고 있었다.

순진한 여자애를 제공한 그날의 일은 비교적 자세하게 소문이 나 있기 때문에 정말인가 싶을 정도였다.

소문의 그날, H는 선배와 친구들의 요구에 따라 자기 여자 친구를 노래방으로 불렀다. 노래방으로 불려 온 여자애를 앞에 세워 놓고, H는 자신의 처지와 욕망에 대해 설명하고 양해를 구했다. 그 여자애는 H를 사랑했으므로, 그 제안을 받아들였다. 노래방 안에는 H의 선배와 친구 여섯 명이 모여 있었다. H는 여자애를 노래방 안으로 들여보냈다. 그러고는 노래방 문 앞에 서서 누가 그 방 안을 들여다보거나 들어가지 못하도록 지켰다고 한다. 그 여자애는 나중에 신가다 패거리가 되었다는 소문이 있었다.

그런데 H의 여자 친구였던 그 애가 조에게 H를 빼앗긴 일을

억울해했고, 결국 자기와 H에 얽힌 소문을 과장해서 퍼뜨렸다는
소문도 있었다.

*

시험 기간 동안 조를 만나지 못했다. 조가 나를 찾아오지 않았
고, 나 역시 조를 피했다. 그리고 시험이 끝나는 날이었다. 학교
를 마치고 곧장 산후조리원으로 갔다. 버스 안은 에어컨이 돌아
가는데도 덥고 눅눅했다. 더위와 습기가 사람들의 인생을 쥐고
흔드는 것 같았다. 기분 좋아 보이는 사람이 없었다. 모두 더위
에 시달려 지친 표정이었다.

집으로 가지 않고 산후조리원으로 바로 간 건 더위 때문이기도
했다. 에어컨이 고장 난 원룸은 정말 더웠다. 더구나 내 방은 창
문을 활짝 열어 두기 힘든 구조여서 더 견디기 어려웠다. 다닥다
닥 붙여 지은 건물이기 때문에 창문을 열면 마주한 원룸의 내부
가 훤히 보였다.

나는 아직 열일곱 살이고, 혼자 사는 것을 남들한테 들키면 곤
란했다. 그래서 창문을 꼭꼭 닫고 지내야 했다. 그런데 에어컨이
고장 났다. 전자 제품이 고장 나면 '애프터서비스'를 불러야 하지
만 그런 일은 엄마가 있을 때만 했다.

그날따라 산후조리원은 산모보다 방문객이 훨씬 많았다.

엄마 방에 갔더니 방문은 활짝 열려 있는데, 아무도 없었다. 나는 방 안에서 엄마를 기다리다가 신생아실로 내려갔다. 방에 없다면 엄마가 있을 곳은 뻔했다.

신생아 면회실 앞에 엄마와 아저씨가 유리창 너머에 있는 아가를 들여다보고 있었다.

나는 걸음을 주춤하다가 멈추었다. 그리고 돌아 나왔다.

방으로 돌아와 TV를 보면서 엄마를 기다렸다. 30분 정도 지나니 엄마와 아저씨가 왔다. 엄마는 지난번보다 얼굴과 몸이 더 부어 보였다.

시험 잘 봤어?

엄마가 한 손으로 먼저 바닥을 짚고는 서서히 매트 위로 내려앉으면서 물었다. 나는 고개를 끄덕이면서 물었다.

어디 아픈 거야?

그러자 엄마가 내 머리칼을 헝클면서,

괜찮아. 노산이라 회복이 느린 거야.

했다.

그러게 그 나이에 애는 왜 낳아.

내가 툭 뱉었다.

점심은 먹었니?

엄마가 물었다. 나는 응도 아니고, 아니도 아닌 애매한 답을 했다. 좀 쑥스러웠다. 덩치 큰 사람들은 늘 먹을 것 앞에서 조심해야 한다. 함부로 먹을 것을 밝혔다가는 한 소리 듣거나 불쌍하게 보이기 십상이다. 그래서 호쾌하게 배가 고프다는 말을 못한다. 엄마가 아저씨를 바라보았다. 아저씨가 벌떡 일어나면서 '내가 갔다 오지' 했다. 아저씨가 나가자 엄마가,

밥 가져오실 거야.

하고 속삭였다.

밑반찬도 다 떨어졌을 텐데.

엄마가 또 속삭였다.

걱정 마.

나는 엄마를 만나면 불평해야겠다고 마음먹은 온갖 불편 사항들을 그 한마디로 정리해 버렸다. 식사, 빨래, 청소, 에어컨 등등의 일 말이다. 엉덩이가 아파서 바닥에 털썩 주저앉지도 못해 쩔쩔매는 엄마한테 그런 불평을 덤으로 안겨 주는 일은 좀 치사한일 같았다.

아저씨가 쟁반에 음식을 차려 들고 들어왔다. 커다란 냉면 대접에 소고기 미역국이 한가득이었다. 나는 엄마와 아저씨가 보

는 가운데 그 많은 미역국을 퍼먹기 시작했다. 무슨 전투에 돌입하는 기분이 들었다.

내가 밥 먹는 것을 한참 지켜보던 아저씨가 일어나 가방을 챙겨 들었다.

놀다 가라.

엄마가 몸을 일으키려 하자 아저씨가 일어나지 못하게 막았다. 하지만 엄마는 기어이 일어나서 아저씨를 따라나섰다. 아저씨를 보내고 엄마가 다시 방으로 들어오자 나도 못 참고 한마디 하고 말았다.

힘들게도 사네.

그러자 엄마가 내 머리통을 퉁, 쥐어박았다.

그 많은 밥을 몽땅 먹어 치우고 엄마 옆에 누워 TV를 보다가 졸았다. 하지만 집에 갈 생각은 들지 않았다. 결국 밤 열한 시가 다 되어서야 일어섰다. 그것도 겨우 일어선 것이다. 왠지 모르게 몸이 움직여지지 않았다. 엄마한테 더 붙어 있고 싶었다.

내가 있는 동안 엄마를 찾는 방문객이 한 사람도 없었다. 다른 방들이 종일 방문객으로 분주했던 것과 비교해 보면 엄마는 쓸쓸한 산후조리를 하고 있는 셈이었다. 그래서 엄마를 혼자 산후조리원에 두고 돌아오는 발걸음이 가볍지만은 않았다.

나는 또 집까지 걸었다. 걷는 일은 언제나 가장 자신 있는 일

중 하나다. 밤이 되니 조금 시원했다. 집에 도착하니 자정이 넘어 있었다.

현관문을 여는 순간 담배 냄새가 확 풍겼다. 누가 또 계단에서 담배를 피웠나 생각했다. 불도 켜지 않고 옷부터 갈아입었다. 옷만 갈아입고 바로 잘 생각이었다. 일주일 동안 시험을 치렀고, 오늘은 조리원에서 집까지 걸었으니 피곤할 만도 했다.

교복을 벗어 세탁기 속에 던져 넣고 서둘러 의자 위에 걸쳐 둔 트레이닝복을 찾았다. 트레이닝복은 책상 아래 바닥에 떨어져 있었다. 트레이닝복을 집어 입고 바로 침대에 누웠다. 담배 냄새가 집 안까지 들어온 모양이었다. 침대 시트에서도 담배 냄새가 났다. 문득 조가 방에 들어왔었나, 싶었지만 그럴 리 없다고 생각했다.

*

시험이 끝난 뒤에도 조는 나를 찾아오지 않았다. 신가다 애들과 일이 해결되니 내가 필요 없어진 모양이었다. 게다가 H와 어울리느라 나를 찾을 시간도 없어 보였다. 이제 조와 어울리는 일은 끝인가, 생각했다. 그러자 마음속에 희미한 고통이 꿈틀거렸다.

그런데 토요일 수업이 막 끝날 무렵, 문자가 왔다. 조였다.

노래방 같이 갈래?

조가 아직 나를 자기 패거리로 생각해서 이런 문자를 하는 건가? 다시 말하지만, 나는 조를 좋아하는 것과는 달리 조 패거리와 어울리는 일은 이제 그만하고 싶었다.

엄마한테 가야 돼.

답을 보냈다.

몇 시에 오는데?

순간적으로 나는 조가 우리 집에 오려고 하는 것은 아닐까, 생각했다. 나는 조 말고 다른 아이들이 우리 집에 들락거리는 게 싫었다.

잘 모르겠지만, 늦어.

조와 패거리들이 우리 집에 못 오게 하기 위해 생각한 답이었다.

할 수 없지.

실망한 조의 답이 왔다. 나는 조금 미안한 마음도 들었다. 하지만 그 애들 모두와 어울리는 일은 다시 하고 싶지 않았다.

나는 지난번처럼 산후조리원에서 밤 열한 시까지 빈둥거렸다. 집에 오니 자정이 넘었다. 방에서 담배 냄새가 났다. 누군가 창문을 열어 두고 담배를 피우는 것인가. 그렇다고 하기에 담배 냄새가 너무 가깝다는 생각을 했다. 조의 체취가 느껴지는 것 같았다. 문득 조는 지금 어디서 뭘 하고 있을지 궁금했다.

*

여름방학이 시작되었다. 방학식 날이라 조가 내 앞에 나타날 만도 한데 조는 물론이고, 조의 패거리까지 눈에 띄지 않았다. 나는 서둘러 집으로 향했다. 집에서 옷만 갈아입고 조리원으로 갈 생각이었다.

편의점 앞에 한 무리의 아이들이 있었다. 얼핏 보기에도 조 패거리와 남자아이들이었다. 그 애들은 보통 저녁이나 밤이 되어야 몰려다니기 일쑤인데 대낮부터 모여 있는 게 이상했다. 방학도 했고 수업도 일찍 끝났으니 몰려나와서 웅성거릴 만도 했다. 따지고 보면 저 애들도 마땅히 갈 곳이 없었다.

나는 모른 척 편의점 앞을 지나치려 했다. 그런데 조가 소리 질렀다.

4차원!

내가 걷는 속도를 늦추면서 조를 건너다보았다.

오늘도 엄마한테 가?

조가 큰 소리로 물었다. 순간 나는 기분이 상했다. 내가 저들과 한 무리라는 것을 확인이라도 하듯 조가 크게 소리 질렀기 때문이었다. 그래서 대답은 하지 않고 고개만 끄덕거렸다.

늦게 오겠네?

조가 또 소리 질렀다. 나는 또 고개만 끄덕거렸다. 그리고 걷는 속도를 빨리했다.

같이 못 놀아서 섭섭해.

조가 약간 부드러워진 목소리로 외쳤다.

문자할게.

조가 이어서 외쳤다. 그 순간 나는 하마터면,

그래.

할 뻔했다. 저 패거리에서 조만 빠져나오면 좋을 것 같았다. 하지만 조와 저 패거리는 한 몸이나 마찬가지다. 아니, 저 아이들이 없으면 조는 아무것도 아니다. 조는 오직 저 아이들하고 있을 때라야만 빛나는 것이다. 그러니까 나와 조 사이는 이 정도면 되었다. 나는 나를 진정시키느라 애썼다.

무리 사이에서 키득거리는 웃음이 새어 나왔다. 조가 아이들을 말리는 투였지만 아이들이 들어 먹질 않았다. 나는 아이들이 비웃건 말건 상관없었다. 조만 비웃지 않으면 됐다.

*

그날은 엄마 곁에서 아홉 시까지 있었다. 역시 한 일은 별로 없었다. 똑같이 미역국에 밥을 말아 먹고, 아기를 보러 갔다가 다시 엄마 방으로 올라왔다. 그러곤 침대에 엎드려 잡지를 뒤적거리다가 TV도 좀 보면서 시간을 죽였다. 그때의 나는 아마도 아기를 질투했던 것 같다. 그래서 아기에게 갈 엄마의 시간을 뺏으려 한 건지도 모르겠다.

그래도 그날은 다른 날보다 좀 일찍 엉덩이를 턴 셈이었다.

집 근처에 도착했을 땐 밤 열 시쯤이었다. 4층 계단에 한동안 안 보이던 고양이가 앉아 있었다. 나는 고양이한테 들릴 듯 말 듯 할 정도로 '안녕' 했다. 고양이가 달아나지 않고 눈을 천천히 깜박거렸다. 나는 서둘렀다. 고양이한테 먹을 걸 줄 수 있는 기회였다. 냉장고 안에 뭐가 있나 생각하면서 현관문 비밀번호를 누르고 문을 당겼다. 문이 열리지 않았다. 비밀번호를 잘못 눌렀나 생각했지만 아니었다. '삐리릭' 하는 잠금장치 풀리는 소리가 들렸다. 그러면 보조 잠금장치가 잠긴 것이다. 현관문은 잠금장치가 이중으로 되어 있다. 보조 잠금장치는 열쇠로만 열 수 있다. 열쇠 들고 다니기가 귀찮아서 주로 집 안에 있을 때만 사용했다. 그런데 보조 잠금장치가 잠겨 있는 것이었다.

방 안에서 무슨 소리가 희미하게 들렸다. 나는 호수를 확인했다. 402호 맞았다. 나는 문을 쾅, 쾅, 두드렸다.

안에서 뭔가 '꽈당' 넘어지는 소리가 났다. 나는 좀 전보다 더 세게 문을 두드렸다. 안에서 욕 같은 게 들렸다.

순간 '잘각' 하는 조의 방울 소리가 들렸다. 나는 다시 문을 두드렸다. 미친 듯 두드렸다.

이윽고 철걱 하는 소리와 함께 문이 열렸다. 담배 연기가 한꺼번에 훅 끼쳤다. 담배 냄새 뒤로 조의 얼굴이 나타났다.

아, 일찍 왔네.

조는 놀라기는 했지만, 마치 자기 방이라는 듯이 나를 맞았다.

여기서 뭐하는 거야?

나는 거칠게 문을 당기며 안으로 들어섰다. 방 안이 어두컴컴했다. 손바닥으로 스위치를 탁 쳤다. 갑자기 환해진 방 안에서 붉게 상기된 채 어쩔 줄 몰라 하는 남자애 하나가 목에 걸린 티셔츠를 끌어 내리고 있었다. 방 안은 엉망이었다. 조와 그 남자아이의 양말과 가방과 소지품 들이 바닥에 어지러져 있었다. 무엇보다 담배 연기 때문에 숨을 쉴 수 없었다. 침대는 시트가 다 벗겨져 내려졌고, 쿠션과 베개는 바닥에 떨어져 있었다.

여기서 뭐하는 거냐고?

내가 고함쳤다. 그러자, 천만뜻밖에도,

보면 몰라?

하는 조의 대답이 돌아왔다. 나는 즉시 질문을 잘못했다는 것을 알아차렸다. 그래서,

어떻게 들어온 거야?

물었다. 그러자 조와 남자애가 비웃듯 웃었다. 그래서 나는,

비밀번호 어떻게 알았어?

물었다. 조가 픽, 웃더니 말했다.

그걸 비밀번호라고 하니? 공개 번호지.

내 비밀번호는 전화번호 뒷자리였다. 그러니까 조는 내 원룸에 허락도 없이 들어와 놓고는 내가 설정한 비밀번호가 너무 허술했기 때문이라고 둘러대는 것이었다.

남의 집에 허락 없이 들어오는 게 어떤 죄에 해당하는지 알아?

내가 고함쳤다.

여기가 남의 집이니? 친구 집이지. 그리고 잘 살펴봐, 없어진 건 없을 거야.

조의 답이었다.

내가 고함치고 조가 답하는 와중에도 조와 남자애는 양말을 찾아 신고 가방을 챙겼다. 둘이 나가려고 하는 순간, 나는 조의 교복 치마가 뒤집힌 것을 발견했다. 꼴도 보기 싫었다.

치마나 바로 입어!

내가 알렸다. 그러자 조가,

아, 땡큐.

하면서 화장실로 뛰어 들어갔다.

비밀번호 바꿀 거니까, 다신 이런 짓 마.

화장실에서 나온 조에게 약간 누그러진 목소리로 말하자 나를 힐끗 쳐다보았다. 불투명하고 퍽퍽한 검은 눈동자였다. 놀랍도록 어두운 눈이었다. 마치 거울 뒷면에 칠한 수은 같았다. 컬러렌즈 색깔하고는. 나는 속으로 생각했다.

비밀번호 바꾸지 마. 어차피 너 없을 때 조금 사용하는 건데 상관없잖아.

그러곤 문을 닫고 나가면서 한마디 더 던졌다.

에어컨 고쳐. 더워 죽을 뻔했어.

그들이 가자 나는 창문과 현관문을 활짝 열어 놓고 환기를 시켰다. 혹시 누가 들여다볼까 봐 불을 끈 채 의자에 앉아 환기가 되기를 기다렸다. 그리고 이 어처구니없는 상황에 대해 곰곰이 생각해 보았다.

처음부터 나는 조에 대해 알고 있었다. 조가 어떤 아이인지, 어떤 행동을 해 왔는지, 그리고 어떤 짓마저 할 수 있는 아이인지, 처음부터 알고 있었다.

그런 것을 다 알면서도 조가 내 원룸에 들어오는 것을 허락했다. 신가다 애들과 싸우는 것을 도와주었고, 지속적으로 좋아했다. 하지만, 아무리 내가 조를 좋아한다 해도 이제는 그 관계를 정리해야 한다고 생각했다. 조가 내 원룸에 몰래 들어왔다는 단순한 이유 때문이 아니다. 조가 내 인생을 함부로 취급하고 있기 때문이었다. 나는 폭행이라도 당한 것처럼 통증을 느꼈다. 더 이상은 조와 관계를 지속해서는 안 되었다.

환기가 얼추 되자 나는 냄새 제거제를 뿌려 댔다. 거의 한 통을 다 뿌렸다. 그런 다음 현관문과 창문을 닫아걸었다. 그리고 엄마가 자주 갈라고 잔소리하던, 침대 시트와 베개 커버를 갈아 끼웠다.

나는 정신이 얼떨떨해질 정도로 지독한 향기 한가운데 서서 생각했다. 내가 만일 조와 관계를 끊으려고 한다면, 조뿐 아니라 조 패거리 모두와 싸워야 할지도 모른다. 어쩌면 최악의 경우까지 가게 될지도 모른다. 조 패거리가 못된 짓을 하려고 들면 어떤 짓까지 할 수 있는지 이미 알고 있었다. 나는 조의 얼굴을 떠올렸다. 그 암흑의 동공을 떠올렸다. 조 역시 내가 그 정도의 일로 겁먹지는 않을 거라는 것쯤 계산하고 있을 것이다.

그러면 나는 뭘 겁내야 할까?

나는 기껏 피부가 찢어지거나, 멍들거나, 뼈가 부러질 것이다. 그런 과정을 거치고도 조가 물러서지 않는다면, 조와 직접 싸울 수밖에 없다. 그러면 조에게 직접 손을 대야 한다. 조는 아이들을 꼼짝 못하게 하는 힘을 가지고 있다. 하지만 조가 가지고 있는 힘은 정신적이거나 감각적인 힘이지, 물리적인 힘이 아니었다. 만일 조와 내가 정말 싸우게 된다면 조는 나를 이기지 못할 것이다. 사실, 조는 한주먹 거리도 안 된다. 내가 겁내는 것은 그것이었다. 내가 직접 조를 상대하는 것.

*

며칠간 조를 볼 일이 없었다. 방학 보충 학습이 있었지만, 오전뿐이었다. 보충 학습이 끝나면 학원으로 향했다. 학원에서 영어와 수학 특강을 듣고 있었다. 내 방에 몰래 들어왔던 날 이후 조한테선 문자도 오지 않았다. 편의점 앞에도 보이지 않았다. 집으로 찾아오지도 않았다. 비밀번호를 바꿨기 때문에 내 집에 들어올 수는 없었을 것이다.

어쩌면 쉽게 해결될 수도 있다는 생각이 들었다. 조가 자기 잘못을 깨닫고 물러서는 것인지도 몰랐다. 정말 그렇다면 앞으로는 조를 보기 힘들 것이었다.

그 블루블랙의 머리카락, 붉고 까칠한 입술, 잘각거리는 방울 소리, 가늘고 긴 팔, 그 모든 것들이 그리워질지도 몰랐다.

하지만 이쯤에서 끝내야 했다. 어차피 조와 내가 친구가 되는 건 불가능했다. 조와 나는 다른 세계의 사람들이다. 내가 아무리 조를 좋아한다고 해도 나와 조 사이에는 좁힐 수 없는 거리가 있었다.

조는 다른 패거리에 속해 있고, 그 패거리는 나와는 다른 세계를 살았다. 게다가 조는 학교 전체의 '셀러브리티'였다. 평범한 아이들은 조에 열광하고, 조를 선망하고, 조를 구경하고, 조에게 자신이 이룰 수 없는 욕망을 투사하고, 조를 소비한다. 그뿐 아니라 조에게 침을 뱉고, 경멸하면서도 또한 조를 필요로 하는 것이다.

조는 모두가 공유하는 대상이었다. 조 역시 그걸 바라고 있었다. 경멸과 욕망에 이글대는 아이들의 시선을 얻기 위해서라면 조는 무슨 짓이든 할 것이었다. 그걸 알아야 했다.

*

며칠이 또 지났다. 밤 열한 시 무렵이었다.

누군가 현관문을 두드렸다. 문밖에서 희미하게 잘각거리는 방울 소리가 들렸다. 조였다. 나는 의자에서 벌떡 일어섰다. 변덕스러운 조가 저 방울만큼은 꽤 오래 가지고 다닌다는 생각을 하면서 문 쪽으로 다가갔다.

안 된다고 했잖아.

문은 열지 않고 소리 질렀다.

문 좀 열어 봐.

안 돼.

할 말이 있어. 나 지금 심각해.

나는 조의 수법들을 알았다. 저 수법에 말려들지 않는 한 가지 방식은 '단호함'이라는 것도 알고 있었다.

돌아가.

한 번만 열어 줘. 나 혼자야.

됐어.

부탁이야.

조 특유의 애원조 목소리였다.

자꾸 그러면 신고할 거야.

내가 최후의 말을 던졌다. 그러자 문 틈새로 흘러 들어오던 공기의 흐름이 툭, 끊기는 느낌이 들었다.

다음 순간, 계단 아래로 어지럽게 뛰어 내려가는 여러 발자국 소리가 들렸다. 조는 혼자가 아니었다. 코앞에서 거짓말을 했던 것이다. 바로 다음 순간에 들통 날 거짓말도 조는 진실인 것처럼 연기했다. 자기 목적을 달성하기 위해서라면 어떤 수단이나 방법도 마다하지 않는 조였다. 누구든 조의 진정한 거짓말 앞에서 속아 넘어갈 수밖에 없었다. 나 역시 그랬다. 나는 깊은 절망 때문에라도 문을 열어 주고 싶었다. 이 방을 그만 조에게 아주 던져 버리고 싶었다. 그렇게 해서라도 이 어두운 절망에서 빠져 나오고 싶었다.

나는 조가 혼자라고 했을 때 정말 그럴 거라고 생각했다. 그래서 마음속으로 잠시 망설였다. 막 문을 열어 주려고도 했다. 조가 내 거절 때문에 상처 입을까 걱정도 됐다. 내가 경찰을 부르겠다고 했을 때, 조가 어디 한번 경찰 불러 봐! 하며 배짱이라도 부리기를 바랐다. 문을 열어 줄 구실을 찾기 위해서라도.

등에 땀이 흐르고 허탈해졌다. 나는 침대에 털썩 걸터앉았다.

시간이 조금 흐른 뒤였다. 문자가 날아왔다.

후회하게 해 줄게.

조의 문자였다. 나는 답하지 않았다.

조금 지나 다시 또 문자가 왔다.

그냥은 절대 못 끝내.

역시 조다웠다.

그림 어쩌게.

내가 답을 보냈다.

대가를 치러야지.

방법을 선택해.

내가 다시 답을 보냈다. 어쩔 수 없는 일이었다. 나는 이 일을 그만 끝내고 싶었다. 조의 답이 날아왔다.

9대 1이야.

어디서.

내일 저녁 여덟 시, 구지구.

아홉 명이라면 구가다와 신가다 여자애들 모두를 부른다는 말이었다. 조는 싸움에 직접 참여하지는 않을 것이다. 언제나 그랬듯이 조는 지켜보기만 할 것이다. 그 점은 다행이었다. 만일 조가 직접 싸움에 참여한다면 나는 불리해질 수도 있다. 나는 조에게 상처 입히는 일에 부담을 느낄 테고, 그러면 위축될 것이다.

그러지.

마지막 답 문자를 보내고 폰을 쿠션 위에 얌전히 내려놓았다. 공연히 폰을 집어던지는 것으로 화를 풀기는 싫었다.

*

나에게는 아직 선택의 기회가 있었다. 조를 도와 신가다 애들과 싸우겠다는 선택을 했을 때처럼 다른 선택을 할 기회가 있었다. 싸움은 내일 저녁 어덞 시고, 그전까지는 번복할 수 있는 기회가 있었다. 나는 조 패거리와 싸울 수도 있고, 싸우지 않을 수도 있었다.

싸우지 않는 쪽을 선택하기는 쉬울 것이다. 지금이라도 문자를 넣어 '그만두겠다'고 한 다음, 조가 가끔 내 방을 사용할 수 있도록 허용하면 될 일이었다.

거기에 비하면 싸움을 하는 쪽을 쉽지 않다. 이미 하겠다고 했음에도 불구하고 그건 어려운 일이었다. 왜냐하면, 나는, 조를 좋아하기 때문이다. 어떻게, 누군가를 좋아하면서 이길 수 있겠는가. 나는 조와 나를 위해 지면서 이기는 방법을 생각해 내야 했다.

*

나는 천천히 구지구를 향해 걸었다. 혼자서 구지구 안으로 들어가는 것은 처음이었다. 전과는 분위기가 좀 달랐다. 뭔가 태우는 냄새가 구지구 전체를 짓누르고 있었다. 공장 건물 곳곳에 붉은색과 청색 플래카드들이 나붙어 있었다. 사람들도 여럿 보였다. 구지구 입구 쪽 공장 건물에 남자 어른들이 모여 있었다. 그들은 마치 전투 준비라도 하는 것 같았다. 건물 마당에는 작은 트럭과 승합차, 그리고 승용차 들이 늘어서 있었다. 그 공장 건물에는 침대나 책상 같은 가구를 만드는 회사들이 모여 있었다. 그런데 그냥 봐도 어쩐지 공장 관련 일을 하는 것 같지는 않았다. 공장 일이라면 분위기가 그렇지는 않을 것이었다. 그런 건 보면 알았다.

나는 구지구를 가로지르는 차선을 따라 약수터 쪽으로 걸어 올라갔다. 입구 쪽을 지나자 전과 마찬가지로 차도, 사람도 없었다. 폐쇄된 공장들과, 그 사이에 낀 쇠락한 주택들이 눅눅한 연기에 잠겨 있을 뿐이었다.

구지구에서 약수터 쪽으로 방향을 잡았다. 그곳부터는 산이었다. 만들어 놓은 등산로 양쪽 숲은 나무들이 꽤 울창했다. 다양한 새소리가 들렸다. 저녁이 되어도 더위는 그닥 식지 않았다. 숲이 머금고 있는 습기와 구지구에서 퍼져 나오는 냄새가 뒤섞여 피부가 끈적끈적해졌다. 걸어가는데 날벌레들이 집요하게 달라붙었다.

약수터에 도착하자 일곱 시가 조금 넘어 있었다. 조 패거리 애들은 도착하지 않았다. 나는 쉼터에 앉아 기다렸다. 혼자였지만 무섭지는 않았다. 만일 누군가 나와 마주친다면 그 사람이 날 무서워할 것이었다.

조와 패거리들이 오고 있었다. 멀리서 봐도 알 수 있었다. 나는 그 애들이 가까이 올 때까지 앉아 있었다. 호들갑 떨고 싶지 않았다.

'구가다' 애들은 조금 앞서, '신가다' 애들은 조금 뒤서 내가 앉아 있는 쪽으로 다가왔다.

일찍 왔네.

조가 먼저 입을 열었다. 나는 조를 올려다보았다. 어두워지고 있었지만 얼굴 정도는 또렷이 보였다.

검은 머리칼로 가려진 눈 밑과 볼에 피로가 잔뜩 배어 있어 어둠보다 더 어두워 보이는 조의 흰 얼굴. 보통 아이들은 도저히 흉내 낼 수 없는 정신을 드러내는 표정. 나는 조가 어제 밤새, 그리고 오늘 여기 오기 전까지 한숨도 자지 않았을 것이라고 생각했다.

그게 바로 조였다.

조는 또래의 평범한 아이들이 아직 발을 디뎌 보지 못한 너무 깊숙한 곳까지 속속들이 경험한 아이였다. 조는 그것을 감추려

하지도 않았다. 그게 조의 타락이었다. 자신의 타락을 감추지 않는 조의 얼굴은 또 다른 유혹과 더 어두운 타락으로 뒤범벅되어 상대를 두렵게 만들었다. 사람들은 그런 조의 얼굴을 통해 세계의 어둠을 목격하는 것이다. 조 자신만이 그것을 모르고 있다. 왜냐하면 조는 타락한 세계 그 자체였다. 우리를 위해 자신을 기꺼이 파괴시키는 '셀러브리티' 조의 얼굴을 올려다보았다.

나는 천천히 일어섰다.

생각해 보았다. 아홉 명이라고는 하지만 이 아이들은 마구잡이로 싸울 것이다. 마구잡이로 덤비는 애들은 하나도 무섭지 않았다.

하지만 나는 마지막 순간까지도 이 싸움을 피하고 싶었다. 나는 조에게 이기고 싶은 마음도, 지고 싶은 마음도 없었다. 조와 나는 순수하게 개인 대 개인으로, 예의를 갖춘 관계로 남고 싶었다. 조와 내가 속한 세계가 다르다 하더라도, 그런 관계로 남고 싶었다.

내가 바란 것은 그것이었다.

나는 중2 때 남자아이들과 결투할 때처럼 특공 무술에서 배운 공격이나 방어 자세는 취하지 않았다. 이건 비장할 필요가 없는 싸움이었다. 나는 그냥 서서 저들이 다가오기만을 기다리고 있었다.

아홉 명의 아이들은 나를 빙 둘러 싸지 않고 나와 조금 떨어져 한 무리로 모여 서 있었다. 한 무리이긴 했지만 구가다와 신가다 사이에 구분이 있었다. 조 패거리는 좀 더 적극적인, 신가다 아이들은 어정쩡한 태도를 보였다.

긴장 상태로 대치하고 있던 어느 순간, 구가다 아이들이 나를 향해 우르르 몰려왔다.

난투극이었다.

공격의 룰도, 방어의 기술도 통하지 않았다. 그저 난잡한 싸움이었다.

우리는 서로의 허리, 목덜미, 팔, 허벅지, 머리칼, 아무 곳이나 때리고, 물고, 할퀴고, 꺾고, 뜯었다. 싸움의 와중에 나는 묘한 분위기를 감지했다. 얼핏 보면 모두들 열심히 싸우는 것 같지만, 자세히 보면 구가다 아이들이 열정적으로 싸우는 것에 비해 신가다 아이들은 어쩐지 싸우는 시늉만 내고 있었다. 심지어 신가다 아이들은 나를 돕기까지 했다. 내 머리채를 잡은 구가다 아이의 팔을 물고, 내 목덜미에 올라타려는 아이의 허리를 가격하기도 했다.

나는 일말의 아름다움도 없는 이런 싸움이 창피했다. 아무리 조 때문이라고는 하지만 이건 정말 아니었다. 나는 싸움을 그만 끝내고 싶었다.

나는 한 아이를 잡고 뒤에서 안았다. 그리고 그 아이를 이용해 다른 아이들의 접근을 막기 시작했다. 나에게 잡힌 아이가 다칠까 봐 나머지 아이들도 함부로 덤벼들지 못하고 주춤거리기 시작했다. 소강 상태가 이어졌다.

싸움이 지루해지기 시작했다.

조는 멀찍이 서서 구경하고 있었다.

나는 조에게 이렇게 무감각한 난투극을 보인다는 사실에 치욕을 느꼈다.

싸움은 지루하게 계속되었다. 누군가 다가오려 하면 나는 '백허그' 상태의 아이를 대신 휘둘렀다. 잡힌 아이는 생각보다 가벼웠다. 내가 원하는 방식으로 휘둘러졌다. 게다가 그 아이는 나를 도와 접근하는 다른 아이를 향해 발길질까지 해 주었다. 이래저래 아이들은 더 가까이 다가오지 못하고 있었다. 일종의 대치 상태가 계속되었다.

그런 와중에 신가다 아이들이 항복이라도 하듯 바닥에 주저앉기 시작했다. 그러자 구가다 아이들은 조의 눈치를 살폈다. 잠시 뒤 조가,

그만하면 됐어.

했다. 나는 껴안고 있던 아이를 놓아주었다. 그러자 모두 바닥

에 털썩 주저앉았다. 나 역시 주저앉았다. 옷이 더러워질 걱정 따위는 하지 않았다. 옷은 이미 찢어지고, 뜯어지고, 더러워질 만큼 더러워져 있었다.

오직, 조만이 이 모든 더러움에서 한 발짝 벗어나 있었다. 조가 말했다.

이제 서로에게 빚진 건 없는 거야.

내가 조에게 어떤 빚을 졌는지 모르겠으나, 아무튼 조가 그렇게 말했다. 어쨌든 나는 조에게 손을 대지 않고도 싸움을 끝냈다. 내가 스스로를 달랠 수 있는 것은 그것이었다.

우리는 약수터를 빠져나왔다. 신지구 아파트 단지 쪽이 아니라 구지구 쪽으로 길을 잡았다. 어둠 속에서 뭔가 불길한 웅성거림이 꿈틀거리는 구지구를 통과해 대로변으로 나왔다. 저 멀리 사거리의 무수한 불빛들이 보였다. 신기루 같았다.

*

나는 방으로 돌아왔다. 이로써 조와의 일은 끝났다고 생각했다. 창피한 싸움이었지만, 어쨌든 끝났다.

나는 입고 있던 트레이닝복을 벗어 쓰레기봉투 안에 쑤셔 넣었다. 그리고 욕실로 들어가 샤워하기 시작했다. 물이 닿자 목과 얼굴과 팔, 머리통 등 여기저기가 쓰라리고 따끔거렸다. 손톱에 긁힌 목덜미를 거울에 비춰 보면서 내 자신이 마치 상처 입은 불곰 같다는 생각을 했다. 조가 지금 이런 내 모습을 보면 정나미가 뚝, 떨어질 것이었다.

샤워를 마치고 목덜미에만 연고를 발랐다. 손톱자국이 너무 깊게 파였다. 엄마에게 해명해야 할 게 걱정이었다. 어떤 핑계를 대야 엄마가 단순한 사고로 생각할지. 엄마를 속이는 일은 귀신을 속이는 일보다 어렵다.

트레이닝복을 버렸으니, 작년 여름에 입던 박스 티셔츠와 파자마를 찾아내 입었다. 그리고 냉장고에서 생수를 꺼내 침대에 걸터앉아 마셨다.

나도 모르게 눈물이 흘러나왔다. 울었다. 나는 할 필요가 없는 싸움을 했던 것이다. 그것도 아주 흉한 꼴로 한 덩어리가 되어 뒤엉켰다. 나에게는 지킬 어떤 아름다움도 남아 있지 않았다. 내가 그 싸움을 하기로 한 그 순간, 나는 이미 뭔가를 버렸다. 그리고 무엇보다 나는 조를 잃었다.

그리고 그날 밤 나는 현관문 비밀번호를 원래대로 되돌려 놓았다. 그건 그날 이전으로 돌아가려는 일종의 의식이었다.

*

에어컨 바람도 나오지 않는 방에 틀어박혀 지냈다. 필요한 무엇인가를 사야 할 때는 밤늦게 사거리 마트에 다녀왔다. 일부러 편의점 앞길은 피했다. 혹시 조 패거리가 있을지 몰라 빙 돌아 다른 길로 다녔다.

다른 길로 돌아가도 편의점 앞 파라솔 아래 누가 앉아 있는지 정도는 보였다. 조 패거리는 보이지 않았다. 아무튼 내가 두어 번 사거리 마트에 다녀오던 날에는 볼 수 없었다. 두세 명 사람이 있기도 했지만, 조나 그 패거리는 아니었다. 그 애들은 멀리서 봐도 금방 알 수 있었다.

*

목의 상처가 잘 낫지 않아서 결국 병원에서 진료를 받은 뒤 약을 지어 먹어야 했다. 옷에 매달린 쇠 장식에 걸려 찢어졌다는 어이없는 핑계를 댔다. 엄마는 의심하면서도 믿는 눈치였다. 다행이었다.

엄마가 집으로 돌아가는 날이었다. 나도 짐 나르는 일을 도왔다. 이상하게 그런 행동들이 마음을 안정시켰다.

나는 아저씨가 약간 마음에 들기 시작했다. 아저씨는 우리 아버지만큼 멋을 부릴 줄 몰랐다. 세수하고도 로션 하나 바르는 법이 없어 피부는 푸석하고, 얼굴은 점투성이였다. 하지만 그 점이 마음에 들었다. 어쩌면 엄마도 아저씨의 그런 점에 끌렸는지도 몰랐다.

아저씨는 엄마와 아기를 지독하다 싶을 정도로 보호했다. 그래서 나도 아저씨를 따라 엄마와 아기를 보호했다. 나는 보호받는 쪽보다 보호하는 쪽이 마음 편했다. 나는 내가 남자였으면 훨씬 살아가기 수월하겠다는 생각이 들었다.

엄마가 집으로 돌아가는 날엔 아저씨 가족도, 우리 외가 식구들도 방문하지 않았다. 아기와 나와 엄마와 아저씨뿐이었다. 엄마와 아저씨는 새로운 가족을 만들었지만, 그 새로운 가족을 환영하는 사람은 별로 없어 보였다.

아기가 우울한 상황을 반전시켰다. 볼을 톡, 건드리기만 해도 슬며시 미소를 지었다. 눈도 뜨지 않은 채 다 안다는 듯이 씨익 웃곤 했다. 나와 아저씨와 엄마는 아기의 그 능청스러운 미소를 보기 위해 번갈아 아기 볼을 두드렸다. 짜증을 낼 만도 한데 아기는 계속해서 미소를 보여 주었다.

쓸쓸한 기분을 각자 주머니에 감춘 채 아파트에 도착했을 때는 저녁 무렵이었다. 아저씨가 삼겹살을 굽고, 엄마는 쌀을 씻어 밥을 안쳤다. 나는 상추와 깻잎을 한 장 한 장 정성껏 씻었다. 그럭저럭 명랑한 흉내를 내고 있자니, 정말 기분이 조금씩 명랑해졌다.

엄마 가족과 함께 있는 동안 조를 잊었다. 하지만 내 방에 들어와 혼자가 되자 마음속에 가라앉아 있던 뭔가가 떠오르기 시작했다. 그건 조였다.

*

그즈음 학원에서 조에 관한 소문을 들었다. 이런 소문은 주로 조가 한 '센' 짓들에 관한 것이었는데, 그즈음 돌던 소문은 조의 집안에 관한 것이었다.

걔네 할머니 이야기 들었어?

폐지 줍는다던데.

단순한 할머니가 아니래.

그럼?

땅 부자래.

땅 부자?

이 근처 신도시 들어오기 전에 농사짓고.

근데?

땅 팔아 부자 된 거지. 지금도 땅이 엄청 많대.

그런데 어떻게 폐지 줍는 할머니로 소문났지?

진짜로 폐지 줍고 다닌대.

뭐?

일종의 취미 생활.

그 할머니도 엄청 세대. 자기 구역에 다른 할머니가 얼씬거리면 가만두지 않는다더라.

아무리 그래 봤자 할머니가 얼마나 세려고.

아들이 뒤를 봐준대.

조 아버지?

사거리 롯데리아 건물 알지?

응.

그 건물이 조 아버지 거래.

그러니까 그 건물 주변이 조 할머니 구역이고?

그렇지.

그런데 왜 조는 자기 할머니 폐지 줍는다고 말하고 다니지?

사실이니까.

그래. 사실.

하지만, 사실 속의 사실을 봐야지. 겉으로 보이는 사실은 폐지 줍는 할머니지만, 숨어 있는 사실은 빌딩 주인이라는 거지.

아무도 조를 건들 수 없는 이유가 바로 그 사실 속의 사실에 있었네.

그렇군.

우린 뭘까?

뭐가?

사실 속의 사실 같은 것도 없고.

집에 가서 물어봐. 혹시 아냐.

관둬라. 더 깠다가 다친다.

우리 엄만 이럴걸.

뭐라고?

사실은 넌, 다리 밑에서 주워 온 애다.

와하하.

아이들이 강의실에 모여 앉아 떠들어 댔다.

조에 관한 소문은 적어도 이 지역에서는 공중파를 타는 연예인 급이었다. 따라서 헛소문도 많았다. 그래서 다들 완전히 믿지는 않으면서도 사실의 사실에 대한 호기심은 대단했다.

나와 조 패거리에 얽힌 소문은 어떻게 떠돌지 궁금했다. 그 소문 역시 어떤 식으로든 떠돌고 있는 것을 알 수 있었다. 아이들이 나를 보면 자기들끼리 모여 수군거렸다. 하지만 그런 소문도 끝을 향해 가고 있었다. 아이들이 나를 흘끔거리는 횟수가 잦아들고 있었다.

2부

강을 건너다, 다시 고요한

*

조.

그 애를 좋아하게 만든 모든 것들이 결국 그 애를 경멸하게 만든다는 것을 나는 알았다. 조의 행동들은 아주 아슬아슬한 어떤 지점에 놓인 감각을 깨우는 힘이 있어서, 찬사와 경멸이라는 양면성을 가지고 있다는 것도 알았다. 그 점이 조를 선망하게도 하지만, 동시에 침을 뱉게도 했다.

조.

내가 가장 외로운 시기에 나를 찾아온 조. 나 역시 다른 아이들과 마찬가지로 선망하고, 동시에 경멸한 조.

조.

누가 뭐래도 이 지역 최고의 유명 인사 조. 우리가 바로 곁에 두고 볼 수 있는 연예인. 조는 어느 '걸 그룹'이나 '할리우드 스타'보다 더 생생하게 우리를 설레게 하고, 경악하게도 했다. 우리와 함께 숨 쉬고, 같은 교실에 앉아 있는 유명 인사 조. 타락한 조.

전교생 천이백 명의 사악함과, 천이백 명의 저주와 불량기를 혼자 몽땅 끌어안고 살아야만 직성이 풀리는 조.

조.

거대한 세계의 꼭두각시. 세상이 원하는 가장 이상적인 타락자 조.

나는 조를 생각했다.

나는 조에게 먼저 연락하게 될까 봐 두려웠다. 폰을 꺼내 조의 번호를 삭제했다. 조의 번호가 삭제되는 그 순간, 학교에서는 그 애를 볼 수 있다는 생각에 안도했다. 가까이 지내지는 못하더라도 그 애를 볼 수는 있겠다, 생각했다.

*

여름방학이 절반을 훌쩍 넘어가고 있었다. 비 내리는 어느 늦은 밤이었다. 종일 비가 내렸는데 밤이 되자 빗줄기가 더욱 거세졌다. 어찌나 드센지 유리창이 깨질 것 같았다. 나는 창문을 조금 열고 엄마가 사는 아파트를 올려다보았다. 거실에 불이 밝혀져 있었다. 이 시간이면 아저씨는 아직 집에 오지 않았을 것이고, 엄마와 아기만 있을 것이다. 순간 엄마 집에 올라가고 싶었다. 하지만 비가 들이쳐 얼굴을 때리는 통에 마음이 식었다.

창문을 닫고 책상 앞에 앉았다. 그때 문자 신호음이 들렸다. 열어 보니 조였다.

나야.

답을 해야 하나 말아야 하나 망설였다. 조와 나는 이제 이런 사소한 문자를 주고받을 사이는 아니었다. 추측해 보았다. 그간 조가 완전히 딴사람이 된 게 아니라면 이런 늦은 밤에 문자를 보낸 이유는 뻔했다. 그러니 답하지 말아야 했다. 하지만 내 손가락은 이미 문자를 찍고 있었다.

무슨 일이야?

그러자 당장 답이 날아왔다.

할 말이 있어.

들을 말 없어.

부탁이야.

나는 또 망설였다. 이미 조의 방식을 알고 있었다. 애원하고, 협박하고, 조롱하고, 탄식하고, 분풀이하고, 폭력을 가해 결국 상대를 굴복시키고 마는 조의 방식. 나는 조의 방식이 겁나서가 아니라, 이제 조와 상관없다고 생각했기 때문에 답을 보냈다.

어딘데.

요 앞.

앞이라니?

문이나 열어 줘. 비 맞았어.

나는 벌떡 일어나 문으로 달려 나갔다. 그리고 문을 열었다. 조가 계단을 뛰어 올라오는 소리가 들렸다. 그런데 혼자였다. 발소리가 그랬다. 패거리들이 몰려오는 소리가 아니었다. 나는 문을 조금 열고 조를 기다렸다. 이윽고 4층에 올라온 조가 문 안으로 빨려 들듯 뛰어들었다. 비를 흠뻑 맞은 건 아니었다. 우산 없이 짧은 거리를 달려온 것 같았다.

나는 조를 향해 수건을 던졌다. 조가 수건으로 머리와 어깨를 닦아 내면서 물었다.

뭐 먹을 거 없어?

안으로 들어온 조가 냉장고 문을 열고 들여다보았다. 냉장고 안에는 엄마가 만들어 준 밑반찬들이 있었다. 조가 물었다.

밥 있어?

내가 밥솥을 가리켰다.

밥 좀 차려 줘.

내가 조를 쳐다보았다. 그러자 조가 자기 꼴을 좀 보라는 식으로 어깨를 으쓱했다. 나는 냉장고에서 반찬 통 몇 가지를 꺼내 식탁 위에 올려놓고 밥솥에서 밥을 펐다.

입을 거 좀 줘.

나는 서랍장에서 티셔츠와 반바지를 꺼내 던졌다. 조는 화장실에 들어가지도 않고 그 자리에 서서 옷을 갈아입었다. 벗은 조의 등은 빈약했다. 살이라곤 한 점도 없어 보였다. 마른 것이 아니라 골격 자체가 빈약했다. 뼈가 너무 가늘어서 살이 붙을 마음도 생기지 않을 것 같은 몸이었다.

이것 좀.

조가 벗은 옷을 세탁기 앞에 던지고는 의자를 빼내 앉았다.

신가다 년들 가만두지 않을 거야.

조가 반찬 통 뚜껑을 열면서 중얼거렸다. 세탁기 안으로 조의 옷을 던져 넣으면서 조를 힐끔 보았다. 하지만 무슨 일이 있었던 건지는 묻지 않았다. 알고 싶지 않았다. 휘말리기 싫었다. 조가 말했다.

내 말 들어 봐.

관둬.

대답은 그렇게 했지만 나는 이미 조의 말에 귀를 기울이고 있었다.

조에 의하면, 그사이 있었던 일은 이랬다.

내가 조와 헤어진 뒤, 구가다와 신가다 사이에 다시 다툼이 일어났다. 이번에도 H가 원인이었다.

H는 한동안 조와 커플 행세를 하면서 주로 조 패거리와 어울

렸다. 하지만 얼마 지나지 않아 신가다 아이들이 부르면 또 주저 없이 그리로 갔다.

내가 조 패거리 일원일 동안은 신가다 아이들이 함부로 H를 불러내는 일은 없었다. 하지만 내가 빠져나가자 신가다 아이들이 전처럼 H 패거리 남자아이들을 불러내기 시작했다. 이것이 조의 비위를 건드렸다.

조는 경고했다. 하지만 신가다 아이들은 그 경고를 무시했다. 조 곁에 이제 내가 없기 때문이었다.

조의 경고를 무시한 신가다 아이들이 더욱 드러내 놓고 H 패거리들을 불러냈다. H 패거리들 역시 거리낌 없이 신가다 아이들과 어울렸다.

심지어 조와 신가다 애들이 동시에 H를 불렀을 때, H는 신가다 쪽으로 가 버렸다. 시간이 지나자 H 쪽에서 먼저 신가다 애들을 찾는 일도 생겼다.

조로서는 어떻게든 끝을 보아야 했다.

사실 조의 변덕스러운 성격으로 보아 H는 이미 갈아치웠어야 하는 상대였다. 그런데 신가다 애들이 H와 조의 관계를 더 지속시킨 측면도 있다. 조의 성격 중 가장 두드러진 특성이 바로 독점욕과 질투였다. 신가다 아이들이 조의 성격을 간파했더라면 그런 식으로 조를 자극하지는 않았을 것이다.

어쨌든 신가다 아이들을 향한 조의 분노가 시작되었다. 조가 분노하면 어떤 결과를 가져오는지 신가다 아이들이 몰랐을 리 없다. 하지만 예전과 다르게 조에게는 완벽하게 충성하는 남자 패거리가 없었다. 있기는 했지만 뭔가 흐지부지 결속력이 없었다. H가 남자애들 패거리를 이끌다시피 하고 있었는데, 그만큼 죽이 맞았다. 그 이유는 조로서도 알 수 없었다.

조에게는 이제 나도 없었다.

하지만 조는 코가 깨지면 그냥 넘어가는 성격이 아니었다. 결정을 내려야 했다. 여기서 물러선다면 조는 끝이었다. 그렇게 되면 조 패거리 애들도 이탈할 것이다. 그러면 조는 오롯이 혼자가 될 것이다. 조가 아무리 센캐라 하더라도 조 혼자서는 아무것도 할 수 없었다.

선택은 한 가지뿐이었다. 신가다 아이들과 싸우는 것, 싸워서 H와 그 패거리·남자애들을 되찾아 오는 것. 되찾아 올 수 없다면 파괴해 버리는 것.

네가 필요해.

조가 말했다.

난 안 해.

왜.

난 니들과 달라.

뭐가 달라?

난 노는 애가 아냐.

누가 놀래?

아무튼 난······.

내가 이 지경이 되었는데, 가만있겠다는 거야?

니가 뭔데?

몰라서 물어?

몰라.

넌 나한테서 못 벗어나.

쓸데없는 소리 집어치워.

넌 날 좋아하지? 다 알아.

나는 조를 쳐다보았다. 조 역시 나를 빤히 쳐다보았다. 내가
말했다.

내가 널 좋아한다 해도 이런 일은 못해.

넌 병신이야.

조가 소리쳤다.

뭐?

내가 소리쳤다.

좋아는 하는데, 돕지는 못하는 병신.

병신?

너 같은 병신들이 세상을 망치는 거야. 친구가 당하는 꼴을 뻔히 보면서도 나 몰라라 하는 너 같은 것들……. 나중에 뭐가 될지 뻔해. 기껏 해 봐야 편의점 알바질이나 하겠지. 어차피 너 정도 성적으로는 대학다운 대학도 힘들지?

나는 조의 의도를 뻔히 알면서도 조가 의도한 부분을 또 건들렸다.

그래서?

내가 물었다. 그러자 조가 피식 웃었다. 한쪽 입술을 끌어올리는 특유의 웃음이었다.

좋아하면 무조건 돕는 거지. 그래야 한패야.

한패 될 생각 없어.

그럼 좋아한다는 건 뭐지?

그건…….

그러니까 넌 생각이 좆나 복잡하고 더러운 뚱땡이라는 거지.

그건 좀 다른 문제…….

내가 얼버무리자 조가 갑자기 샤프를 집어 들어 책상에 꽝 꽂았다. 어찌나 힘을 집중했는지 샤프가 단도처럼 꽂혔다. 순간 너무 놀라서 조를 쳐다보았다. 조 역시 나를 노려보면서 샤프를 획 잡아 빼냈다.

내 소문 대략 들어서 알고 있지?

나는 답하지 않았다.

너, 나를 좋아하는 거 맞지?

역시 답하지 않았다.

좋아하면 한패가 되는 건 당연한 거야. 심정적으로 말이지.

나는 심정적이라는 말의 뜻을 생각했다. 조 역시 마음속으로 나를 좋아한다는 말인가? 조 역시 자기가 속한 세계와 내가 속한 세계를 이해하고 곤혹스러워한다는 말인가? 조가 이어 말했다.

마음이 통하는 사이라면, 이럴 때 돕는 거야.

결국 내가 말문을 열었다.

어떻게 하자는 건데.

그러자 조가 말했다.

내가 다 알아서 할 거니까, 넌 오기만 하면 돼.

이번이 정말 마지막이야.

내가 다짐을 받듯이 말하자 조가 순해진 말투로 답했다.

나도 알아. 너도 힘들다는 거. 혼자 지내는 것도 쉽지 않겠지…….

그건, 참견 마.

잘라 말했지만, 나는 더 이상 말할 기운도 없고 대화를 이어 갈 기분도 나지 않았다. 나는 그만 포기하고 싶었다. 조에게 완전히 굴복해 버리고 싶었다. 그래서 더는 아무 생각도, 판단도 하지 않고 편해지고 싶었다.

조는 이기기 위해서라면 그 어떤 말이나 행동도 서슴없이 한다. 나는 어떤 상황이든 최후의 말이나 행동은 하지 않으려고 애쓴다. 그것은 일종의 윤리였다. 내가 세상과 나를 지키는 방어막이었다. 하지만 조에게는 그런 게 없었다. 조는 여차하면 모든 것을 다 파괴해 버릴 기세였다. 나는 바로 그 점에서 조를 이길 수 없었다.

*

조와 어울리는 일에 익숙해지는 것은 순식간이었다. 내가 갈등을 접자, 모든 일이 쉬웠다. 그냥 닥치는 대로 함께 휩쓸리면 되었다.

오늘 저녁에 구지구에 갈 거야.

그래.

구지구에서 애들을 만나기로 했어.

싸우는 건가?

아니.

그럼?

그냥 어울리는 거야.

괜찮겠어?

H와 신가다 패거리가 어울리는 꼴을 볼 수 있겠냐는 뜻이었
다. 조가 내 말뜻을 알아채고 픽, 웃었다.

굴욕이야.

그럼 뭣하러 어울려.

넌 그 세계를 몰라. 어울리지 않으면 그 애들은 나를 완전히 깔
아뭉개려 들 거야. 내가 건재하다는 걸 알려야 해. 특히 그…….

H?

내가 속으로만 생각하던 단어를 툭 뱉었다. 그러자 조가 나를
노려보았다. 거미의 눈 같은 동공이었다. 그 눈에는 아무것도 되
비치지 않았다. 그건 거울의 뒷면 같았다.

우리 둘이서 되겠어?

내가 물었다.

둘 더 올 거야.

둘?

내가 꼬셨어. 하지만 크게 도움이 되지는 않을 거야. 그냥 머
릿수나 채운다고 생각해. 한 가지 명심할 게 있어. 애들 앞에서
넌 나에게 존경을 보여야 돼.

우린 친구야.

알아.

그런데 무슨 존경?

그 애들은 나를 우러러봐. 내가 아직 이 지역 최고인 줄 알아. 만일 나에 대한 환상이 깨지면 내 말도 먹히지 않을 거야.

알아들었어.

나 역시 널 존중할 거고.

그럴 필요 없어.

그래야 돼. 그래야 애들이 꼬여. 우리 조직에 들어오고 싶어 안달하게 만들어야 돼. 지금 우린 괜찮은 편이야. 나와 너, 나름 센캐들이잖아. 애들이 우리를 존경하게 만들자고.

나는 답하지 않았다. 사실 조가 원하는 태도는 어려운 건 아니었다. 그냥 지금까지 하던 대로 하면 되었다. 조가 나를 빤히 건너다보았다.

한 명만 더 있으면 얼마나 좋아.

뭐가?

너 같은 애.

나는 불투명한 눈동자 속에 숨은 조의 욕망을 읽었다. 조가 나를 이용해 이루려는 것이 무엇인지 확연하게 알 수 있었다. 어쩌면 나 역시 조가 원하는 바로 그것을 원하는지도 몰랐다. 그래서 나는 조의 그 검은 동공을 거부할 수 없었던 건지도 몰랐다.

　넌 나한테 속해.

　조가 말했다. 나는 거부하지 않았다.

　잠시 침묵이 흘렀다. 조가 입을 열었다.

　당분간 나도 여기서 지낼게.

　안 돼.

　어째서?

　엄마 들락거려.

　잘 둘러대면 되잖아.

　나는 또 거부하지 않았다. 나는 조에게 모든 것을 허용하고 있었다. 그저 형식적으로 한두 마디 저항하는 시늉을 할 뿐이었다. 의지 없는 저항이라는 것을 조도 알고 있었다. 그래서 조 역시 내 저항에 신경 쓰지 않았다.

*

　구지구 입구는 뭔가 좀 달라져 있었다. 전보다 위험하고 격양된 분위기가 꿈틀거리는 것 같았다. 입구에 있는 건물에 그 분위기가 집중되어 있었다. 푸른색 트럭들이 건물 마당에 늘어서 있었다. 사람들이 많은 것도 이례적이었다. 철거 반대를 표하는 흰색과 빨간색 플래카드들이 옥상에서 아래를 향해 무수히 늘어져 있었다. 건물을 뒤덮을 지경이었다.

곧 철거가 시작되려나?

나는 천천히 걸었다. 약속 시간보다 일찍 왔으니 시두를 필요는 없었다. 입구의 소란한 건물을 지나 구지구 안으로 들어서자 플래카드 숫자가 줄어들었다. 하지만 폐허의 흔적은 더 심했다. 깨진 창들, 불에 그을린 담벼락, 떨어져 나간 문짝들. 우주에서 날아온 것 같은 낯설고 무수한 쓰레기들이 흩어져 있는 마당. 창문이 통째로 뜯겨 나간 창틀 위에 고양이들이 나란히 앉아 있었다. 나는 구지구 깊숙이 들어갔다.

구지구 안에는 아직 사람이 사는 주택이 있었다. 그 주변의 밭에는 갖가지 농작물이 가지런히 심어져 있었다. 밭에 할머니 두 분이 뭔가를 하고 있었다. 사람을 보니 갑자기 마음이 놓였다.

하지만 그곳을 지나자 다시 폐허가 된 공장들이 즐비했다. 나는 좀 빨리 걸었다. 등에 땀이 나기 시작했다. 뛰고 싶었지만 참았다. 뛰면 정말 무서울 것 같았다.

저 앞에 조가 보였다. 멀리서 봐도 조는 금방 알아볼 수 있었다. 불쑥 반가운 마음이 앞섰다. 하마터면 조를 향해 뛸 뻔했다.

조 곁에는 낯선 여자애 두 명과 원래 조 패거리였던 아이들이 있었다.

조가 피우던 담배를 던지더니 발끝으로 비벼 껐다. 조 곁에 서 있던 아이들은 뭔가 차림새를 가다듬는 분위기였다.

일찍 왔네.

조가 먼저 인사했다. 그리고 말을 이었다.

다들 얼굴 익혀.

우리는 서로를 쳐다보았다. 새로 온 두 명은 우리 학교 아이는 아니었다. 하지만 낯설지는 않았다. 학원에서 본 적이 있었다. 대여섯 명 무리를 지어 다니면서 껄렁거리기는 하지만, 조 패거리에 속할 정도로 '센' 아이들은 아니었다. 그런 아이들이 조를 따라오다니, 약간 의외였다. 조는 저 아이들을 어떻게 데려올 수 있었을까?

그 아이들 역시 나를 알고 있는 눈치였다. 나는 친구는 없어도 알아보는 사람은 많았다.

조가 폰을 꺼내 보았다.

우리가 너무 일찍 왔어. 약수터에서 시간 좀 죽이다 오자.

약수터에서 만나는 거 아니었어?

한 아이가 물었다.

당분간 약수터 조심해야 돼. 민원 들어왔대. 오늘 밤은 구지구 공터에서들 모일 거야.

조가 싸늘하게 웃으면서 알렸다. 조의 방식이 그랬다. 모든 정보는 혼자만 알고 있다가 한 치 앞에서 알리거나, 그때그때 필요에 따라 조금씩 흘리는 식이었다. 그게 조의 권력이었다.

우선 약수터에 올라가기로 했다. H나 신가다 패거리 아이들보다 먼저 공터에 가 있을 수는 없었다. 조는 먼저 가서 기다리는 법이 없었다. 가장 나중에 나타나는 인물이어야 했다.

아.

앞서던 조가 걸음을 멈추며 말했다.

약수턴 안 되겠다. 시간이 너무 많이 걸리겠어. 구지구나 한 바퀴 돌자.

우리는 조를 따라 방향을 틀었다.

여기는 대체 언제 철거되는 거래?

한 아이가 투덜거리는 투로 말했다. 조가 제멋대로 내린 결정에 대한 불만처럼 들렸다.

구지구 소문 들었어?

다른 한 아이가 불쑥 말을 꺼냈다.

무슨?

얼마 전에 여기서 사람 죽었대.

살인?

그런 셈이지.

그런 셈이라니?

누군가 칼로 찔러 죽인 건 아니고…….

아니면?

자살.

자살이 왜 살인이지?

우리 오빠 말이…… 자살하도록 몰아간 일종의 사회적 살인이라더라.

이유는?

구지구 철거 반대하던 사람이라던데.

그래서 요즘 구지구가 이렇게 뒤숭숭한가?

한동안 우리는 묵묵하게 걸었다. 조가,

저기.

턱으로 한 공장터를 가리키자 다들 약속이나 한 듯이 뛰었다. 걷는 방법을 잊었다는 듯 무조건 공장으로 뛰어 들어갔다. 건물 안에서도 계속 뛰어서 옥상까지 올랐다. 건물은 3층밖에 안 되었다. 그래도 구지구가 거의 한눈에 들어왔다.

부아앙.

멀리 구지구 입구에서 스쿠터들이 들어오고 있었다. 스쿠터는 석 대였다.

그 새끼들이야.

조가 중얼거렸다. 나는 조의 옆얼굴을 보았다. 두려움과 난폭함이 동시에 서려 있었다. 하지만 조는 조였다. 조는 씩, 웃었다.

스쿠터들은 요란한 소리를 내면서 구지구 깊숙이 들어와 한곳에서 뱅뱅 돌기 시작했다.

저기다.

조가 들릴 듯 말 듯 중얼거렸다. 조의 말귀를 알아들은 한 아이가 물었다.

저긴 줄 몰랐어?

그러자 조가 답했다.

난 구지구에 익숙하지 않아!

우리 모두는 입을 다물고 조가 바라보는 쪽만 바라보았다.

저기.

조가 턱으로 가리켰다.

구지구 입구에 한 무리의 아이들이 들어오고 있었다. 한 무리 같았지만 희미하게 앞서는 무리와 뒤서는 무리로 갈려 있었다. 대략 스무 명은 되어 보였다.

그 새끼들이야.

조가 말했다. 한때 패거리였던 애들이 맞는지 확인하기는 좀 먼 거리였지만 조는 알아보았다. 패거리들이 구지구 안으로 몰려드는 것을 한참 내려다보던 조가 알렸다.

몸 낮춰. 저 새끼 눈치채겠다.

조의 말이 떨어지기 무섭게 다들 동시에 앉았다. 바닥에 앉은 채 멀리서 들려오는 스쿠터 소리와 아이들 웃음소리를 들었다. 해가 기울고 있었다. 곧 어두워질 것이었다.

이윽고 얼굴을 숨길 수 있을 정도로 어둠이 깔렸다.

오늘…….

조가 엉덩이를 털고 일어서면서 말문을 열자 모두 집중했다. 조가 말을 이었다.

오늘은 일단 분위기만 맞출 거야.

어떤 분위길까?

새로 온 아이 중 하나가 들뜬 마음을 감추지 않았다. 그러자 조가 인솔자처럼 말했다.

가 보면 알겠지.

기대된다.

새로 온 다른 아이가 다시 한 번 거들었다. 조가 결국 한마디 던졌다.

나대지 마라!

우리는 서서히 공터를 향해 걸었다. 스쿠터 소리와 아이들 소리가 점점 가까워지고 있었다.

깜깜해지기 직전이었다. 이제 한순간만 지나면 완전히 깜깜해질 공터 속으로 우리는 걸어 들어갔다. 순간 스쿠터 소리가 멈추었다. 패거리의 모든 아이들이 우리를 주시했다.

쟤 뭐냐.

농구 골대를 중심으로 무리지어 있던 아이들 중 누군가가 작게 뱉었다.

나는 그때서야 조가 초대받지 않았다는 것을 알았다.

나는 조 곁으로 한 발 나섰다. 물러설 수 없는 자리에서는 물러서지 않겠다는 의지를 보여 주는 게 나았다. 더구나 조를 지키는 자리였다.

무리들 속에서 H가 구별되었다. H와 가장 가까운 자리에 신가다의 여자애가 있었다. 여자애 둘레는 신가다 패거리들이 에워싸고 있었다. 조가 원하는 자리가 바로 저 자리일 것이다.

조가 농구 골대 곁으로 천천히 걸어가기 시작했다. 우리는 일정한 간격을 유지하면서 조를 따라 걸었다.

조는 H 근처로 가지 않았다. 전체 무리의 가장 바깥쪽에 가서 섰다. 조가 자리를 잡자 무리의 아이들이 긴장을 푸는 것 같았다.

조가 분란을 일으킬 것 같지는 않은 데다, 조 혼자가 아니라는 사실이 조를 적당히 무시하면서 받아들이도록 만든 것 같았다.

다시 스쿠터 석 대가 공터 안을 어지럽게 돌았다. 아이들이 특별한 놀이를 하는 것은 아니었다. 스쿠터는 스쿠터끼리, 서서 웅성거리는 아이들은 저희들끼리 흩어져 있으면서도 공터를 벗어나지 않았다. 때때로 박수와 휘파람 소리도 났다. H와 신가다 아이들은 예전에 조와 패거리가 그랬듯이 결속력이 있어 보였다. 하지만 이렇다 할 행동을 하지는 않았다. 그저 패거리끼리 한 장소에 모여 있는 게 다였다. 서로가 한 패거리라는 것을 확인하는 의식 같았다.

쟤들이 여긴 왜 왔지?

나는 조가 턱으로 가리키는 쪽을 보았다. 스쿠터를 모는 남자애 두 명을 두고 하는 말이었다.

아는 애들이야?

물었다.

좀. 그런데 속 쓰리겠네.

왜?

H한테 뺏겼으니.

그럼 우리랑 처지가 같은…….

쉿!

……

일이 재미있어지네…….

신가다 재, 보기보다 수완 있어.

어둠 속에 모여 서서 웅성거리던 중 저쪽 아이들 사이에서 작은 동요가 일었다. 하지만 동요는 몇 번 그르렁거리는 소리 뒤 금방 사그라들었다. 중요한 위치에 있는 누군가가 재빨리 중재를 했거나, 양쪽의 힘이 팽팽해서 더 이상 진행되지 않았거나, 둘 중 하나였을 것이다.

잠시 뒤, 스쿠터 한 대가 굉음을 내면서 공터를 빠져나갔다. 그러자 다른 스쿠터 한 대가 그 뒤를 따랐다. 동요는 스쿠터를 탄 아이 둘과 다른 패거리들 사이에 있었던 것 같았다. 조는 유심히 저들의 행동을 살피기만 했다.

스쿠터 소리가 멀어지자 H와 신가다 패거리를 비롯한 아이들이 술렁거리면서 공터를 빠져나가기 시작했다. H가 공터를 빠져나가면서 우리 쪽을 돌아보았다. 하지만 조의 신경을 건드릴 만한 별다른 행동이나 말은 하지 않았다. 그들도 조심하고 있는 것이었다.

우리는 조를 둘러싸고 서서 아이들이 모두 빠져나갈 때까지 꼼짝하지 않고 서 있었다. 마침내 패거리들이 모두 공터를 빠져나가자 조 바로 뒤에 섰던 한 아이가 입을 열었다.

저 옆이 네 자리잖아.

그러자 조가 답했다.

내가 원하는 건 H 옆자리가 아니야.

그럼?

내 옆에 H가 오는 거.

아이들이 구지구에서 완전히 빠져나갔을 정도의 시간이 흘렀다. 우리는 천천히 공터에서 걸어 나왔다. 별다른 말없이 우리는 구지구를 빠져나와 대로를 따라 사거리까지 왔다. 그리고 사거리에서 흩어졌다.

이따 갈지도 몰라.

조가 나만 들을 수 있도록 알렸다. 나는 답하지 않았다. 그건 이미 허용한 일이었다.

*

집에 오니 엄마가 와 있었다.

어딜 그렇게 돌아다녀.

엄마가 물었다.

아기는?

내 답이었다.

아기 아빠가 봐.

엄마가 남의 일처럼 말했다.

아저씨랑 싸웠어?

그래 보여?

응.

그냥 답답해.

왜.

산후 우울증 같은 거.

엄마.

응.

당분간 친구가 드나들 거야.

남자 친구?

농담하지 마!

그러자 엄마가 픽, 웃으면서 말했다.

누군가 들락거리기 시작하면 나중엔 곤란해져.

그런 친구 아니고…… 당분간이야. 걱정할 일 없을 거야.

미안하다.

뭐가.

혼자 살게 해서.

난 이게 더 좋아.

하긴.

뭐?

넌 어릴 때부터 혼자 있는 걸 좋아했어.

엄마는 30분가량 더 있다가 돌아갔다. 엄마와 함께 있어도 별 달리 나눈 이야기는 없었다. 엄마는 그저 방 안 구석구석 치우고 정리하고, 나는 씻고 밥 먹는 게 다였다. 한집에 사나 따로 사나 마찬가지였다.

*

불쑥 잠에서 깨어났다. 삑삑거리는 전자키 소리 때문이었다. 나는 현관으로 달려 나갔다. 덜컹.

문에 새로 설치한 안전 고리가 걸렸다. 고리를 벗기고 문을 열었다. 조가 들어섰다.

이거 걸어 놓지 말랬잖아.

조는 이따위였다. 남의 집에 들어오면서도 도리어 자기가 성질을 부렸다. 나는 조를 바라보았다. 조가 내 기분을 알아챈 듯 금세 태도를 바꿨다.

뭐 먹을 거 좀 없어?

나는 답하지 않았다. 나는 조처럼 금방 기분을 바꿀 수 없었다. 조가 냉장고 안을 들여다보았다.

엄마 왔다 갔구나!

조가 감탄하듯 말했다. 그리고 허락도 받지 않고 통 하나를 꺼냈다. 나도 아직 열어 보지 않은 통이었다.

와.

뚜껑을 연 조가 탄성을 질렀다. 동그란 모닝 빵에 샐러드를 채운 샌드위치였다. 그건 엄마가 전에도 자주 해 주던 아침 메뉴였다. 아침엔 밥보다 샌드위치 몇 개 먹는 걸 나는 좋아했다.

아삭아삭 소리를 내면서 조가 샌드위치를 먹기 시작했다. 양파도 넣은 모양이었다. 나도 하나 집어 먹고 싶었지만 참았다.

잔다.

나는 침대에 누웠다.

궁금하지 않아?

뭐가?

내가 뭘 알아왔는지.

뭘 알아왔는데?

조가 빵 하나를 입에 물고는 통 뚜껑을 탁 닫아 냉장고에 넣었다. 그리고 의자에 앉아서 나를 쏘아보았다.

신가다 애들.

걔들 왜?

걔들이 H한테 어떤 수를 썼는지 알아?

나는 일어나 앉아서 조를 바라보았다.

스쿠터를 한 대 사 줬대.

걔들이 돈이 어딨어?

그야 모르지. 모금 운동을 했나? 아무튼 그 새끼가 스쿠터에
넘어간 거야.

아까 H는 스쿠터 안 탔잖아.

딴 새끼들 기분 좀 내라고 빌려준 거겠지. 그래야 체면도 살
고……. 뻔하지.

그래서 어쩔 건데?

가만두지 않을 거야.

가만두지 않으면?

가지지 못할 거면 다 파괴해 버리고 말 거야.

파괴?

신가다 그년한테 연락 넣었어.

무슨?

이번 토요일에 구지구에서 보자 했어.

뭐래?

내일 연락 준대.

거부하면?

도망 못 가. 여기 신지구에 사는 이상…….

H가 같이 나오면?

H 빼고 만나자 했어.

H 뺀다 해도 걔들 숫자 봤지?

그래 봤자 적극적으로 편들 애들은 절반도 안 돼. 너도 봤잖아. 걔들도 뭔가 심상치 않아. 서로 못 잡아먹어 으르렁댔잖아.

…….

그런데…… 그 이유를 모르겠어. 걔들 분위기가 그렇게 된 이유…….

싸웠을 수 있지.

아니야. 걔들은 싸워도 모여 놀 때는 감정 안 드러내. 더구나 오늘은 단합회 같은 건데 절대 안 싸우지. 그건 규칙이야.

조는 내가 완전히 자기 패거리라도 된 듯 말했다. 반감이 일었다. 조가 아니라, 조가 하려는 일에 거리를 두고 싶었다. 만일 조가 하려는 일에 휩쓸리고 나면 나는 나를 잃어버릴 것 같았다. 그런 뒤에는 조보다 더 이 일에 열중할지 몰랐다. 나는 그렇게 될까 봐 두려웠다. 갑자기 진땀이 솟았다. 그래서 한마디 툭, 던졌다.

이 일이 너한테 무슨 의미가 있지?

조가 나를 쏘아보았다.

나는 조가 나를 쏘아보도록 내버려 두었다. 조가 일어나 냉장고 앞으로 다가갔다. 조는 될 수 있는 한 천천히 움직이고 있었다. 조는 화를 달래고 있었다. 조가 냉장고 문을 열고 생수병을 들어냈다. 생수로 입안을 헹궜다. 그리고 입을 열었다.

우리가 왜 그렇게 뭉쳐 다니는 줄 알아? 그래야 너 같은 보통 애들한테 겁을 줄 수 있거든. 니들 같은 보통 애들이 겁먹지 않으면 우리가 재미없지. 우리는 보통 애들은 갖기 힘든 걸 가져야 하고, 보통 애들이 생각지 못한 짓을 할 수 있어야 해. 그래서 죽이게 멋있어 보여야 돼. 니들도 우리처럼 되고 싶어서 환장하도록. 우리도 알아. 우리한텐 아무것도 없다는 거. 고등학교 졸업하면 아무것도 아니란 거. 너도 마찬가지잖아. 다만 우리처럼 살 용기가 없는 거지. 너 같은 애들은 미래에 뭐라도 될까 싶어서 꼼짝도 못하지. 우린 안 그래. 우린 미래 따위 생각 안 해. 지금 여기만 생각해. 그러니까 지금 이 순간 갖고 싶은 거 가져야 되고, 하고 싶은 거 해야 돼!

조가 그처럼 말을 많이 한 건 처음이었다.

*

조는 신가다 쪽 연락을 기다리고 있었다. 토요일에 보려면 적어도 금요일까지는 연락이 와야 했다. 조는 입술을 뜯었다.

겁먹은 건가?

새로 온 애가 한마디 했다. 조가 금방 받아쳤다.

겁먹은 건 아닐 거야.

그럼?

다른 꿍꿍이가 있을지 몰라.

어떤?

어떤 꿍꿍이건 일단 만나야지.

그런데 저것들이 말을 들어먹어야지.

듣게 해야지.

조가 손톱으로 책상을 톡톡톡 찍어 댔다. 이윽고 내가 알렸다.

이제 그만들 가 줘. 할 일이 있어.

그러자 아이들이 주섬주섬 가방을 둘러메기 시작했다. 조가 손으로 그만들 물러가라는 신호를 했다. 아이들은 언제부터인가 조보다 나를 더 겁내는 것 같았다. 조가 말을 꺼내면 내 눈치를 보았다. 내가 아무 말 없으면 조의 말대로 따랐다. 반면 내가 먼저 말을 꺼내면 일단 행동할 준비를 하고 조의 다음 말을 기다렸다. 조도 아이들 눈치를 알고 있는 것 같았지만 별다른 반응을 보이지 않았다. 그건 조답지 않았다. 평소의 조 같으면 사소한 눈치라도 통제했을 것이다. 그만큼 조는 신가다 문제에 골몰하고 있었다.

아이들이 나가자 조는 침대에 털썩 드러누웠다.

생각 좀 해 봐.

뭘?

어떻게 하면 좋을지.

신가다 애들 학원 옥상에서 봤어.

언제?

어제.

그 말을 왜 이제 해.

말할 필요가 없었으니까.

서로 아무 말 안 했어?

했어.

무슨?

너도 짐작하는 말.

그럴 줄 알았어.

아직 못 들었어? 난 벌써 전해진 줄 알았는데.

조는 입을 다물었다. 조가 패거리 안에서 입지가 좁아진 건 사실이지만 그런 일을 전해 듣지 못한다는 건 좀 문제였다. 내가 학원 옥상에서 신가다 애들 만난 일을 조한테 전해 준 사람이 없었다는 말이다. 어쩌면 조 편에 있는 세 명은 알았으면서 전하지 않았을 수도 있다. 그 애들은 내 눈치를 보거나 신가다 눈치를 보고 있는지도 몰랐다. 만일 그렇다면 이제 조는 아무것도 아닌 셈이었다.

무슨 좋은 수 없을까?

중얼거리면서 입술을 뜯고 있는 조의 옆얼굴을 응시했다.

—

어젯밤이었다.

학원 수업이 끝나고 강의실에서 나오자 중앙 계단 앞에 신가다 아이들이 모여 있는 것이 보였다. 한 아이가 나를 발견하고 다른 여자애를 툭, 쳤다. 조 대신 H 곁에 서 있던 여자애였다. 그러자 다른 애가,

미나.

라고 그 여자애를 부르면서 턱으로 나를 가리켰다.

나는 그때 처음 그 여자애 이름을 알았다. 조가 주로 'H 그년', '신가다년'으로 불렀기 때문에 이름에 신경 쓰지 않았다. 이름을

알게 되니 기분이 묘했다.

미나가 나를 알아보자 신가다 패거리 애들 모두 자세를 고쳐잡았다. 나는 그 애들이 있는 중앙 계단 쪽으로 천천히 걸어갔다. 미나가 패거리에서 한 발 앞으로 나섰다. 미나는 이제 신가다의 리더가 확실해 보였다.

말 좀 하자.

미나가 먼저 말을 건넸다. 나는 미나의 눈을 보았다.

설마, 조한테 허락받아야 하는 건 아니지?

미나는 전과 확연히 달라져 있었다. 목소리나 태도에 두려움이 없어 보였다. 혹은 두려움을 감추는 방법을 터득했거나. 하지만 미나의 저 말은 조의 방식을 그대로 답습한 것이었다. 상대의 비위를 건드려 반응을 이끌어 내려는 조의 방식은 이미 나도 충분히 알고 있었다.

나는 픽, 웃었다. 그러자 미나 역시 픽, 웃었다. 곧이어 목소리에 힘을 빼고 다시 시도했다.

잠깐이면 돼.

여기서?

내가 물었다.

저 위.

미나가 턱으로 옥상을 가리켰다. 나는 그러자는 의미로 계단

위로 한 발 올라섰다. 신가다 애들이 동시에 움직이기 시작했다.

너들은 여기 있어.

미나가 다른 애들을 막았다.

옥상에 우르르 올라가면 의심받아.

미나가 패거리를 다루는 방식은 조보다 한 발 더 나아간 것 같았다. 부드러우면서도 엄하게 다룰 줄 알았다. 나는 미나의 힘이 어디서 기인하는 것인지 생각하면서 계단을 올랐다. 미나의 힘은 H 때문만은 아닌 것 같았다. 남자애 때문에 생긴 자신감은 어딘지 얄팍한 사악함이 있다. 그런데 미나는 그리 얄팍하지도 만만해 보이지도 않았다. 그저 신가다 패거리에 속한 아이로만 알고 있을 땐 몰랐던 모습이었다.

옥상은 학생 출입을 금했다. 하지만 들락거리는 아이들도 꽤 되었는데 그날은 텅 비어 있었다. 우리 둘은 옥상 한가운데로 걸어갔다. 이윽고 걸음을 멈추고 섰다. 미나가 먼저 입을 열었다.

우리 쪽으로 와.

나는 답하지 않고 미나를 건너다보았다. 마치 조가 처음 우리 교실에 왔을 때 조를 바라보는 것 같은 기분이 들었다.

조는 이제 끝났어. 너도 봤지?

나는 여전히 답하지 않았다. 그러자 미나가 말을 이었다.

H가 조를 가만두지 않을 거야.

H가 왜 조를 못 잡아먹어서 난리지?

내가 물었다.

H는 조한테 원한이 있어.

원한? 너 때문에?

아니.

그럼?

좀 오래된 이야기야.

뭐지?

H의 누나가 조한테 당한 적이 있어. 그 뒤 말레이시아로 유학 갔지. 어쩌면 너도 소문 들었을 거야. 2년 전에 조가 어떤 고등학 생 여자애를 납치해다가…….

들었어.

그 장본인이 바로 H의 누나야.

이상하네. H는 초등학생 때부터 유학하고 있지 않았나. 난 그렇게 들었는데.

소문은 부풀려지기 마련이지. 일부러 그렇게 퍼뜨리기도 하 고. 누나와 H 사이를 조가 눈치채지 못하게 하려고 헛소문을 퍼 뜨렸다는 말이 있어.

그렇게 할 일이 없나…… H는. 누나 복수나 하려고…….

복수나 하려는 게 아니야. 복수도 하려는 거지.

복수도?

H는 야망이 있거든.

니들 패거리에서 캡틴이 되는 그런 거?

함부로 말하지 마. H는 적어도 너보단 좋은 대학에 갈 수 있어. 이제 보니 넌 H에 대해 제대로 알고 있는 게 없구나. 하긴 조가 가운데 끼었으니…… 제대로 알 리 없지.

나는 그동안 H가 실은 가상의 인물일지도 모른다는 생각을 했다. 실제 H는 전혀 다른 인물이고, 내가 알고 있는 건 H가 의도적으로 꾸며 내서 소문을 퍼뜨린 H를 알고 있는 것인지도 몰랐다. 그런 가상의 H를 조가 한 번 더 왜곡시켜서 알려 주었을 것이다. 조 역시 H에 대해 제대로 아는 바도 없이.

두말할 필요 없어. 어차피 H가 조를 가만두지 않을 테니까.

가만 안 두면?

우리 쪽으로 오기 싫으면, 조용히 빠져. 안 그러면 너도 다쳐.

싫다면?

넌 원래 노는 애도 아니잖아. 왜 조한테 붙어서 그러는 거지?

붙다니.

조한테 약점 잡힌 거 있나?

말 막 하지 마.

이건 경고야. 우리 쪽으로 오든지, 빠지든지. 생각할 시간을 주지.

나는 가만히 미나의 미간을 건너다보았다. 그 애는 진지한 게 분명했다. 이 일을 어떻게든 해결하고 싶은 간절한 의지가 그 애 얼굴에 꿈틀거렸다. 조 같았다.

내일 여기서 만나.

미나가 말했다.

문자로 해.

내가 답했다.

안 돼. 직접 만나서 말해. 그리고 애들 끌고 오지 마. 혼자 와. 공연히 학원가에 험한 소문나면 귀찮아.

미나는 빨리 답하라는 식으로 나를 뚫어지게 쳐다보았다.

그러지.

내가 답하자 미나가 픽, 웃었다. 그리고 이어 말했다.

여기서 나눈 이야기는 둘만 알고 있자. 조한테도 알리지 마.

우리가 못할 이야기를 나눴나?

내가 받아쳤다.

어쨌든 다른 애들이 시시콜콜 다 알게 되는 거 재미없어. 애들은 그저 대충 분위기만 알면 그만이야.

미나와 나는 마치 대단한 협상 문제라도 해결한 듯 입을 굳게 닫고 옥상에서 내려왔다. 신가다 애들이 미나를 존경하는 시선으로 바라보는 것을 보면서 나는 서둘러 계단을 내려갔다.

—

조가 내 말을 곰곰이 듣고 있었다. 그건 조답지 않았다. 어쩌면 조는 내가 이 싸움에서 발을 빼거나 미나 패거리로 돌아설까 봐 겁이 나는 걸까?

밤에 학원 옥상에서 만나기로 했어.

문자로 해.

직접 만나기로 했어.

요란들 떠네.

직접 듣고 싶어 해.

그래서 뭐랄 건데?

너도 짐작하잖아.

그럼 맘대로 하면 되지 나한테 왜 알려?

좋은 수 찾았잖아.

그래서?

신가다 걔 혼자 올 거야. 둘이서 만나기로 했거든. 걔도 패거리에서 뭔가 성과를 내고 싶어서 안달이야.

그래서?

기회를 이용해야지. 걔 혼자 움직일 때.

조가 나를 돌아보았다. 그 눈빛은 오랜만에 조다웠다.

나는 조가 보는 앞에서 미나에게 문자를 보냈다.

학원은 안 되겠다. 구지구에서 보자.

답이 날아왔다.

수작 부리지 마.

학원은 보는 눈이 너무 많아.

미나한테서 답이 없었다. 뭔가 생각하는 눈치였다. 내가 다시
문자했다.

겁나면 애들 데려와. 싫으면 말고.

그러자 답이 날아왔다.

시간은?

열 시.

너무 늦어.

학원 끝나고 가려면 그 시간뿐이야.

구지구 어디?

입구.

거긴 요즘 분위기 험악해.

일단 거기서 봐.

너 혼자 올 거지?

미나가 뭔가 확인하는 투였다. 내가 답을 보냈다.

못 믿겠으면 그만둬.

*

학원 수업이 예기치 않게 늦게 끝나는 통에 시간이 늦어졌지만 서두르지는 않았다. 구지구를 향해 천천히 걸었다. 만일 신가다 애들이 먼저 와 있다면 숨어서 내가 오는 것을 지켜볼 것이었다.

그런데 그날따라 구지구 입구는 멀리서 보기에도 뭔가 소란해 보였다. 입구에서 연일 철거 반대 농성을 하고 있다는 것은 알고 있었지만 늦은 시간까지 소란하리라고는 생각지 못했다.

학원 선생님한테 들은 바에 의하면 구지구는 원래 농가 주택지 였는데 공장들이 들어선 거라고 했다.

구지구 개발로 신난 사람들은 공장주도, 공장에서 일하는 사람도, 구지구에 살던 사람도 아니라고 했다. 보상금을 받을 수 있는 땅 주인들도 대부분 개발을 달가워하지 않는다고 했다. 보상금도 못 받고 구지구를 떠나야 하는 사람들은 두말할 필요도 없었다. 구지구 개발로 신난 사람은 건설업자와 관계가 있는 사람들인데, 실제로 그들은 구지구와 아무런 상관도 없다고 했다. 하지만 엄밀히 따져 보면 건설업자와 관계된 사람들도 신날 일은 없을 거라고도 했다. 아파트를 지어 봤자 예전처럼 환영받지 못한다고 했다. 그러니까 구지구 개발은 구지구와 관련된 사람 대부분이 고통받는 일이라는 거였다.

그런 일을 왜 해요?

누군가 질문했다.

확장해야지만 유지되는 게 이 세계니까.

선생님이 답했다.

아무도 좋아하지 않는데도 계속 확장해야만 하나요?

또 누군가 질문했다.

한 번 증식을 시작한 못된 정신은 여간해서 멈추지 못하지.

못된 정신이요?

한 번 시작되면 모든 것을 다 파괴해 버리는 정신이지.

그런 정신을 멈추게 하려면요?

순간 선생님이,

탁.

하고 보드판을 손바닥으로 쳤다. 모두 정신이 번쩍 깨어 보드판에 집중했다.

이런 행동이 필요할 거다. 이렇게 탁, 끊어 낼 줄 아는 행동이 없으면 이 못된 정신은 우리 모두 파멸에 이를 때까지 확장되다가 완전히 파괴시킨 뒤에야 사라지겠지. 폐허만 남기고 말이다.

구지구 입구였다. 입구의 공장 마당에 드럼통 두 개가 놓여 있고 그 안에서 불이 활활 타오르고 있었다. 불 주변에 사람은 몇 없었다. 공장 안에 불이 밝혀져 있는 것을 보면 사람들은 공장 건물 안에 있는 것 같았다. 그런데 그 불은 전등불이 아니고, 횃불이나 장작불 같았다. 일렁거리는 불빛 때문인지 건물 전체가 뭔가 웅성거리는 것 같았다. 나는 그 앞을 재빨리 지나갔다. 공연히 사람들 눈에 띌 필요는 없었다. 그 건물 앞을 통과하자 금방 어둠이었다. 한 주 전만 해도 중간에 밝혀져 있던 가로등이 한 주 있었는데 그것마저 꺼져 있었다. 전기를 끊었다는 소문을 들었는데 정말인 모양이었다.

나는 돌 하나를 탁 차올렸다. 돌이 어둠 속 어딘가에 툭, 떨어지는 소리가 들렸다. 어둠 속에서 술렁이는 소리가 일순 일어났다가 사라졌다. 미나 역시 혼자 온 건 아닌 모양이었다. 그렇다면 미나를 붙잡아 혼내 주려던 조의 계획을 수정해야 했다.

여기.

딸깍. 랜턴이 켜졌다. 미나였다. 나는 신가다 아이들이 어둠 속에 숨어 있다는 것을 모른 체했다.

공터로 가자.

내가 말했다. 그 순간이었다.

저기 봐. 입구에…….

미나와 나는 구지구 입구 쪽을 바라보았다.

갑자기 왜 저래.

구지구 입구 건물 옥상에서 불꽃이 치솟았다. 불이 난 건 아니고 옥상에 있던 드럼통에 불을 밝힌 것 같았다. 장작 위에 석유를 끼얹고 성냥을 그어 던져 넣은 것처럼 불길이 높이 치솟았다가 가라앉았다.

큰일 나겠다.

안 그래도 큰일 날 것 같다고 하더라.

누가?

주워들었어. 그러게 괜히 전기를 끊어 가지고 사람들을 자극하나 몰라.

미나가 중얼거렸다.

우리는 잠시 묵묵히 걸었다. 지난주에 갔던 공터로 가는 길이었다. 공터에 조와 애들이 와 있을 것이었다.

거기까지 갈 거 뭐 있어. 여기서 이야기해.

겁나?

누가 겁난대.

나는 앞서 걸었다. 신가다 아이들이 어둠 속에서 우리 뒤를 따르는 소리를 감지하고 있었다.

공터는 깜깜했다. 한 주 전엔 이곳에도 가로등이 밝혀져 있었지만 이날은 없었다. 미나가 랜턴을 공터 이곳저곳에 들이댔다. 랜턴을 비추는 곳만 밝을 뿐이었다. 나는 미나의 행동을 지켜만 보았다. 조 패거리를 찾는 모양이었다. 조는 어디 숨어 있을까? 이 어둠 어딘가에 웅크리고 있을 것이었다. 조는 다른 세 명과 함께 약수터 길을 이용해 먼저 이 공터 어딘가에 와 있을 것이었다.

공터를 다 살핀 미나가 물었다.

생각해 봤어?

뭘?

내 제안.

무슨 말인지 모르겠는데.

야, 너 뭐야!

순간 미나가 소리를 질렀다. 그때였다. 어둠 속에서 아이들이 뛰어나왔다. 나도 미나도 그 발소리를 듣고 있었지만 꼼짝하지 않았다. 순간 나는 신가다 애들인가, 착각했다. 어쩌면 미나도 자기 패거리 애들이 자기 목소리를 듣고 몰려나오는 거라고 생각했을 것이었다.

하지만 어둠 속에서 몰려나온 아이들은 미나를 둘러쌌다. 랜턴이 땅에 떨어졌다. 누군가 랜턴을 주워 올렸다. 조였다. 조가 랜턴 불빛을 미나 얼굴에 들이댔다.

나는 공터 입구에 주의를 기울이고 있었다. 미나 패거리가 왔다는 것을 알고 있었고, 이 상황에서 그 아이들이 어떻게 나올지 두고 보는 중이었다. 그런데 신가다 아이들이 미나를 구하러 몰려나오지는 않았다. 아니 도리어 어둠 속 깊이 몸을 숨기는 기척이었다.

봤지?

조가 랜턴으로 미나의 턱을 들어 올렸다. 미나는 답하지 않았다. 대신 내 쪽을 노려보았다.

이럴 줄 몰랐어?

조가 비아냥거렸다.

너랑 할 말 없어.

미나가 나를 노려보면서 조에게 답했다.

그럼?

난 쟤랑 볼 일이 있을 뿐이야. 넌 빠져.

미나는 조 패거리에 붙들리기는 했지만 완전히 기가 죽지는 않았다. 조와는 다른 여유였다. 조는 미나의 예기치 못한 반응에 순간 아무 대응도 못하고 있었다. 내가 한 발 다가섰다.

아직 손대지 마.

잠깐 숨죽이고 있던 내가 조와 아이들을 향해 알렸다.

니들 잠시 저리 가 있어.

뭐?

조가 당황했다.

잠시 저리 가 있으라고. 말귀 못 알아들었어?

내가 말하자,

너 미쳤어?

조가 낮게 소리쳤다.

내가 조를 노려보면서 조 손에 들린 랜턴을 빼앗아 들었다. 그리고 턱으로 저리 가 있으라는 의사 표시를 했다. 그러자 조보다 패거리 아이들이 먼저 움직였다. 세 아이 중 한 명이 물러서면서 조의 팔을 잡아당겼다. 조는 발로 땅을 탁 차긴 했지만 물러서는 눈치였다. 아이들이 물러서자 미나가 말했다.

이제 니가 리더야?

그건 신경 쓸 거 없어.

조 처지 한심하게 됐네.

그건 니가 걱정할 일 아니지.

그럼 우리 이야기를 하자.

내가 왜 그 제안에 답해야 하지?

물었다. 미나가 그제야 내 생각을 눈치챈 모양이었다.

하긴 조까지 너한테 꼼짝 못하는 거 보면 니가 내 제안을 받아들일 필욘 없겠구나.

나는 답하지 않았다.

그럼 우리 일은 없던 걸로 하자.

나는 역시 답하지 않았다. 미나가 다시 물었다.

설마 날 어쩌려는 건 아니지?

내가 원하는 건 한 가지야. 니들이 더 이상 조를 괴롭히지 않는
거. 조를 조직에 받아들이고 제자리를 돌려주는 거.

H 말이야…….

미나가 극도로 작은 소리로 말했다. 나는 미나를 응시했다.

니가 모르는 게 있는 모양인데……. H는 내가 빼낸 게 아니야.
H가 조를 쳐내기 위해 나를 이용한 거지.

스쿠터는 뭐야. 니들이 바쳤다던데.

헛소문이야. 스쿠터 몰고 다니는 놈들은 H와 각별한 사이야.
그 애들 사이에 뭐가 있는진 나도 잘 몰라.

우리는 잠시 말없이 서로를 노려보고 있었다. 이윽고 미나가
먼저 입을 열었다.

유치하지?

뭐가?

너 같은 애들한텐.

내가 왜?

너 같은 애들은 미래를 기대하지만 우린 지금이 다야. 그러니

유치해도 H한텐 중요한 일이겠지. 뭐라도 정신 팔 일이 있어야
지. 안 그래?

미나는 조처럼 비아냥거렸다.

어쨌든 H한테 내 말 전해.

전하기는 하겠지만 기대는 마.

지금이야…….

뭐?

뛰어.

순간 내가 미나 손에 랜턴을 쥐어 주면서 짧게 다그쳤다. 그러
자 미나가 내 뜻을 알았다는 듯이 입구를 향해 뛰기 시작했다.
그러자 어둠 속에 있던 신가다 애들이 동시에 움직이는 기척이
일었다.

조와 아이들이 어둠 속에서 몰려나와 내 뒤에 섰다.

왜 그냥 보내?

조가 물었다.

할 말 다 했으니까. 그리고 저기 봐. 신가다 애들도 잔뜩 와 있
었어.

조가 내 옆에서 숨죽이고 서 있다가 한마디 했다.

니가 짱 같더라.

짱은 너잖아.

그러니까 하는 말이지. 이번 한 번만이다. 난 용서하는 습관이
없거든.

알아들었어.

내가 낮게 말하자 조가 내 등을 탁, 쳤다.

우리가 어두운 공터를 빠져나오기 시작했을 때 저 멀리 구지구
입구에 갑작스러운 소란이 일었다. 경찰차 사이렌 소리와 소방
차 소리가 이어졌다.

야, 약수터 길로 가자.

조가 알렸다. 나는 묵묵히 조를 따랐다. 하룻밤에 두 번이나
조를 거스를 필요는 없었다.

*

사거리에서 아이들을 보내고 조는 나를 따라왔다. 방 안에 들
어와서 나는 H에 대해 미나에게 들은 바를 알렸다. 조는 침대에
걸터앉아 두 다리를 흔들면서 내 이야기를 들었다. 이야기를 마
치고 내가 제안했다.

아무래도 먼저 사과해야겠다.

소용없어.

H가 원하는 건 그거 같은데.

아니. 넌 그 새끼를 몰라.

넌 알고?

너보단 잘 알지. H가 원하는 건…… 분이 풀리는 거야. 그건 그렇다 치고 그 새끼 이제 보니 진짜 저질이네. 누나 이야기까지 조작해 내고. 누나 일은 거짓말일 거야. 진짜 중요한 건 날 깔아뭉개 병신 만드는 거겠지. 그래서 자기 전설을 세우려는 거야.

둘이 잘 지내지 않았나?

잘 지내긴 했지만 내가 여왕이었지. 그 새낀 그게 못마땅했던 거고.

그럼 이제 어쩔 셈이지?

갈 데까지 가야지.

난 빼 줘.

여기까지 왔는데 이제 빠지려고?

미안하지만 난 더 이상 못해. 난 어차피 너네 패거리도 아니잖아.

조가 나를 노려보았다. 나 역시 조를 노려보았다. 나는 내 의지가 변하지 않을 거라는 의사 표시를 완강하게 했다. 조 역시 내 의도를 느꼈을 것이다.

싫으면 그만둬!

조가 단도를 휘두르듯이 잘라 말했다. 그리고 막 나가려던 걸음을 멈추며 덧붙였다.

만일 이 일 때문에 내가 잘못되기라도 하면 다 너 때문이라는 것만 알아 둬!

뭐?

다 네 책임이라는 말이야.

왜?

네가 짱이니까.

뭐?

아까 구지구 공터에서도 네가 알아서 다 해결했잖아. 그러니 이 모든 일은 네 책임이지.

내 대답 따위는 필요 없다는 듯 말을 던져 놓고 조는 나를 노려보았다. 나는 조의 가짜 눈동자, 확장된 검은 눈동자를 보면서 조가 화를 내는 게 아니라는 것을 알았다. 조는 하나도 변하지 않았다. 도리어 전보다 더 극악해진 것 같았다. 이제 누구나 눈치챌 수 있을 정도로 못된 정신을 드러냈다.

오늘은 집에 가서 자야겠다.

감정 없는 목소리를 남기고 조가 나갔다.

조가 던진 '책임'이라는 말이 묘하게 감정을 계속 건드렸다. 책임이라는 단어 때문에 쩔쩔맸다.

나는 방 안을 서성이다가 불을 모두 끄고 창을 열었다. 엄마가 사는 아파트를 올려다보았다. 거실에 노란 불빛이 밝혀져 있는 걸 보니 당장 올라가고 싶었다. 엄마한테 내가 답답하게 생각하는 것의 정체가 뭔지 묻고 싶었다. 내가 왜 조가 던진 '책임'이라는 말 때문에 쩔쩔매는지 묻고 싶었다. 하지만 엄마의 거실은 먼 별 같았다.

*

다음 날 오후에 문자가 왔다. 미나였다.

어젠 고마웠어.

이런 문자에 어떤 답이 좋을지 몰라 답을 보내지 않았다. 미나는 내가 저를 위기에서 구해 준 걸로 생각하는 모양이었다. 잠시 뒤 문자가 또 날아왔다. 역시 미나였다.

H가 전하래. 오늘 밤 구지구에서 보자고.

조 일은?

네 말대로 할 건가 봐.

그럼 난 빼. 조한테 전해 주지.

조 말고 너한테 할 말이 있대.

난 할 말 없어.

어쨌든 네가 시작한 일이야. 네가 책임져야지.

나는 미나가 보낸 문자를 들여다보았다. 책임이라는 말이 또 나왔다. 저 애들 사이에서 책임이라는 말이 어떤 의미로 쓰이는 건지 감이 잡히지 않았다. 그래서 물었다.

책임이라니?

마무리.

정답이 오고서야 나는 책임이라는 말이 그 애들 사이에서는 일종의 고별식 같은 의미로 쓰인다는 것을 알았다. 다시 말해 호락호락하게 예전으로 돌려보내지 않을 거라는 말일 것이었다. 그 정도는 각오하고 있었다. 끝을 내려면 할 수 없었다.

그 애들과 달리 나한테 책임이라는 말은 고별식 정도가 아니었다. 나는 정말로 뭔가를 마무리해야 했다. 하지만 일을 마무리하려면 논리가 필요했다. 나에게는 아직 그 논리가 잡히지 않았다.

*

그날따라 사거리가 유난히 뒤숭숭했다. 멀리서 경찰차 사이렌 소리가 희미하게 계속되고, 소방차가 사거리에서 구지구 쪽으로 달려 나갔다.

학원가 버스 정류장에서 조 패거리와 합류했다.

구지구에 일 터졌대.

한 무리의 아이들이 지나가면서 그렇게 말했다.

돌아가야겠다.

조가 말했다. 나는 그냥 구지구 입구 쪽으로 가고 싶었다. 정확히 어떤 일이 벌어지는지 보고 싶었다. 내가 머뭇거리는 걸 눈치챈 조가 말했다.

우리가 우르르 몰려가 봐라. 경찰들까지 있는데 가만두겠니? 안 그래도 요즘 경찰들 초비상이라는데.

경찰 초비상인 걸 어떻게 알아?

패거리 중 누군가 물었다.

그 정도는 아는 수가 있어.

그런데 왜 비상이지?

구지구 사람들 때문이겠지.

그 사람들이 왜?

돈 더 달라는 거지. 철거 안 하겠다고 버티면서.

꼭 돈 때문이겠어?

새로 패거리가 된 한 애가 불쑥 끼어들었다. 그러자 조가 자기 말에 토를 달지 말라는 식으로 말했다.

아니면 뭐라고 생각하니?

그런데 그 애가 작정한 듯 말을 이었다.

이유야 많겠지. 꼭 돈 때문만은 아닐 거야. 우리 할머니도 구지구에 살았는데 돈 같은 건 필요 없다고 하던데…….

말이 그런 거지.

나 같아도 그럴 것 같아. 난 일곱 살까지 구지구 살았는데…… 지금 생각해 보면 거기 참 좋았던 것 같아……. 뭐랄까……. 꽃도 피고, 개천도 있고, 산에 밤 주우러 가기도 하고……. 왜, 거기 산에 진달래 군락지, 봄 되면 멋지잖아! 그런데 그 모든 게 하루아침에 싹 사라지는 거잖아. 평생 거기 살았던 사람이라면 돈 때문이 아니라 마음 때문에 쩔쩔매는 거야.

너, 말 많다.

조가 그 애를 향해 쏘아붙였다. 싸늘해진 분위기 속에 우리는 한동안 말없이 걷기만 했다. 분위기를 바꿔 보려는지 조가 말문을 열었다.

구지구 봐. 얼마나 더럽고, 구질구질하냐.

아무도 답하지 않았다. 그러자 조가 다시 말을 이었다.

구지구가 더럽다는 건 다들 동의하지?

뭐, 그렇지…….

아이들 역시 구지구가 신지구처럼 깨끗하지 않다는 것에는 동의하고 있었다.

거봐. 구지구가 더럽다는 건 명백하잖아. 그러니까 더러운 구지구에 사는 사람들도 더러운 거야.

　…….

더러운 곳에 사는 사람들이 더럽지 않을 리가 없지. 안 그래?

우리는 조의 말에 반박하지 않았다. 조의 입가에 잠깐 희미한 웃음이 떠올랐다가 금방 사라졌다. 그런데 조의 입가에서 웃음이 사라지는 순간, 할머니 이야기를 꺼냈던 아이가 돌연 조를 향해 물었다.

너네 할머니도 구지구 살지?

뭐?

조가 그 아이를 노려보았다. 의외로 그 애는 조에게 밀리지 않았다. 그리고 말을 이었다.

거기 산다고 들었는데.

지금은 안 살아.

조가 답했다. 그러자 그 애가 뭔가 집요함을 드러냈다.

보상금 많이 받았나 보네.

뭐?

보상금 말이야.

뭐?

하긴, 너네 아버지가 다 털어먹었다는 소문 들었어.

조가 순간 걸음을 멈췄다. 나로서는 처음 듣는 이야기였다. 조의 집안에 관한 이야기는 몇 가지 소문을 통해 알고 있었지만 그건 어디까지나 소문이었다. 하지만 그때 들은 이야기는 진실에 가까운 이야기였을 것이다. 조가 날카로워지는 것만 봐도 알 수 있었다.

야, 이러다 우리끼리 싸우겠다.

다른 아이가 둘 사이를 가로막았다. 조가 한번 접어준다는 식으로 걸음을 떼기 시작했다. 우리는 또 말없이 걸었다.

결국 대로변을 따라 구지구 쪽을 향해 걸었다. 저 멀리 구지구 입구가 펼쳐져 있었다. 구지구 입구는 지금까지 본 것 중 가장 혼잡하고 환했다. 일제히 내지르는 함성과 단말마적인 고함이 오가고, 호루라기 소리와 사이렌 소리가 뒤섞였다. 공장 건물 옥상에 치솟고 있는 불길이 구지구의 검은 밤을 뒤흔들고 있었다. 불이 난 건 아니었다. 하지만 건물 전체가 화기에 휩싸여 이글거렸다. 금방이라도 터질 것 같았다.

거봐, 다른 길로 올걸 그랬어.

조가 중얼거렸다.

샛길로 가자.

조를 난처하게 했던 아이가 내 팔을 잡아당겼다.

샛길을 알고 있어.

그 애가 도로변 어두운 숲 안으로 불쑥 들어섰다. 사람들이 지나다닌 흔적이 역력한 샛길이었다. 숲은 구지구 한쪽을 감싸고 있는 산 능선으로 이어졌다. 능선을 따라 걸어 올랐다. 한참을 올라가자 왼편으로 공장 건물이 내려다보였다. 공장 건물 전체가 이글거리고 있었다. 우리는 웅웅거리는 함성이 퍼져 올라오는 붉은 공장 건물을 내려다보면서 능선을 따라 걸었다. 그러다가 어느 지점에 이르러 아래로 내려가기 시작했다.

숲은 아니었다. 줄을 맞춰 심어 놓은 나무들이 이어졌다.

배 농장이야.

배 열렸나?

함부로 따면 안 돼.

한 개쯤이야.

걸리면 벌금이야.

벌금이라는 말에 다들 입을 닫고 아래로 내려갔다. 경사가 끝나는 지점에 1미터쯤 되는 축대가 있었다. 축대에서 뛰어내리자 단독주택이 몇 채 이어졌다. 앞선 아이가 단독 주택들 사이에 난 골목을 찾아 내려갔다. 어두운 골목을 빠져나오자 구지구 깊숙한 곳으로 연결된 도로와 이어졌다. 도로에 올라서서 우리는 구지구 입구 쪽을 바라보았다.

가자.

조가 짧게 다그쳤다.

우리는 뒤를 힐금거리면서 어두운 길을 따라 걸었다. 멀리 스쿠터 소리가 들렸다. 공터가 가까워지고 있었다.

공터에는 H를 비롯한 아이들이 모여 있었다. 스쿠터 석 대가 공터 안을 돌고 있었다. 스쿠터들은 서로 추월하면서 원을 그리고 있었다. 심각한 경쟁은 아니고, 장난삼아 하는 일이었다. 우리가 들어서자 스쿠터들이 일제히 멈추었다.

조가 H 쪽으로 걸어갔다. 나와 다른 세 명은 주춤하다가 조 뒤를 따랐다. 공터 안 여기저기 흩어져 있던 아이들이 모여들었다. 조가 H 앞에 거의 다가섰을 때 아이들은 우리를 중심으로 원을 이루듯 모였다. 서너 개쯤 되는 랜턴 빛이 원의 중심을 향해 몰렸다.

어이 조, 내가 보자고 한 건 네가 아닌데.

H의 목소리였다. 그의 음성은 울림이 없었다. 검은 글자들을 감정 없이 뱉어 내는 것 같았다. 소문대로 오싹했다.

얘?

조가 나를 턱으로 가리키면서 H의 말을 받아쳤다. 순간 우리를 둘러싸고 있던 아이들이 한 발씩 안으로 다가갔다. 만일 싸움이 벌어진다면 난투극밖엔 안 될 상황이었다.

그러지.

H 입에서 한마디가 나왔다. 뭘 두고 '그러지'라는 건가. 나는 생각했다. 저 모호한 음성과 단어는 뭘 어쩌자는 의미일까. 나 혼자만 H의 말을 못 알아듣는 것 같았다. 그런데 조가 물었다.

얘한테 관심 생겼어?

다시 H가 입을 열었다.

어, 내가 관심이 좀 생겨서.

그러자 조가 갑자기 내 등을 탁, 쳐 나를 앞으로 내세웠다. 나는 H 앞으로 불쑥 다가섰다.

이 괴물을 뭐하게?

조가 그렇게 말했다. 순간 H가 바닥에 침을 탁 뱉었다. 아이들 사이에 긴장이 커졌다. 괴물이라는 말이 아이들의 분노를 자극한 것 같았다. 나를 향한 분노가 아니었다. 맹목적인 분노였다. 조가 내뱉은 그 말은 아이들에게 내가 괴물이므로 폭력을 행사해도 된다는 인식을 갖게 만들었다. 그게 조였다. 그게 조의 능력이었다. 하지만 아이들은 H의 반응을 기다리고 있었다.

이 괴물, 욕심나면 가져.

조의 말이 떨어지자 내가 미처 반응할 새도 없이 누군가 내 무릎을 뒤에서 꺾었다. 나는 순식간에 무릎을 꿇은 자세로 앉혀졌다. 그런 나를 남자애 몇이 내리눌렀다.

워 워, 살살 해라. 여자다.

H의 말이 떨어지자 미나가 끼어들었다.

사실 애는 잘못 없지.

H가 미나 어깨에 팔을 걸었다. 모두 H의 명령을 기다리는 눈치였다.

놔줘라.

H의 말이 떨어졌다. 순식간에 나를 누르던 힘들이 물러섰다. 나는 일어서서 미나와 조와 H를 보았다.

하나만 묻자.

H가 나를 향해 입을 열었다. 나는 H를, 그 감정 없는 음성이 흘러나오는 입을 바라보았다.

정말 생각 없냐?

내가 답했다.

오늘이 끝이야.

H가 나를 빤히 들여다보았다. 그리고 천천히 입을 열었다.

조는 원상 복귀다. 그리고…… 넌…… 앞으로 조는 물론 우리 곁에 얼씬도 마라. 만일 또 눈에 띄면…… 그땐…… 이런 식이 아닐 거다.

말을 마치면서 H가 턱으로 신호했다. 그러자 우리를 에워싼 아이들이 뒤로 물러섰다. 나는 아이들이 터 준 길을 따라 무리를 빠져나왔다. 그리고 되도록 천천히 걸어 공터를 벗어났다.

어두운 길을 따라 걷다가 두 갈래 길 앞에서 잠시 망설였다. 입구 쪽으로 갈까, 약수터 쪽으로 갈까. 약수터 쪽으로 길을 잡았다. 혼자서 구지구 입구를 통과하기는 두려웠다. 차라리 깜깜한 약수터 길이 나을 것이었다.

약수터 길로 들어서면서 구지구 입구 쪽을 바라보았다. 그 쪽은 여전히 혼란스러워 보였다. 붉은 혹은 푸른빛이 입구를 소란하게 만들고 있었다. 하지만 멀리서 내려다보는 구지구 입구는 어딘지 한 조각 분란처럼 보였다. 구지구 전체를 짓누르는 어둠을 깨우기엔 역부족이었다. 구지구를 위시한 거대한 어둠의 덩어리는 그처럼 완강했다.

*

다음 날 저녁에 엄마 집에 올라갔다. 엄마와 아저씨, 그리고 아기까지 함께하는 저녁 식사 자리는 처음이었다. 아저씨가 불고기를 구웠다. 엄마는 아직도 미역국을 먹고 있었다.

생각해 보니 엄마는 예전에도 이 자리였다. 하지만 그때 아버지는 우리 곁에 있어 주지 않았다. 아버지가 함께하고 싶은 사람은 따로 있었다. 지금 아버지는 그 사람 곁에 있다. 그리고 엄마 곁에는 아저씨가 와 있다. 그리고 내가 있고, 아기가 있다. 나는 아버지 곁으로 갈 수도 있다. 하지만 내가 선택한 건 엄마 곁에 있는 거였다.

가족에 대해서라면 나는 불만이 없다. 나는 보통 아이들보다 일찍, 독립된 공간을 가진 것뿐이다.

저녁 뉴스 시간이었다. 이런저런 소식이 흘러나왔지만 다들 흘려들었다. 그러다가 우리 모두를 집중하게 만드는 뉴스가 나왔다. 구지구 뉴스였다. 뉴스는 구지구에서 일어난 사건을 짧게 보도했다. 곧 다음 뉴스로 넘어갔다. 간단한 뉴스였지만 아저씨와 나, 그리고 엄마는 간단하게 넘어가지 못했다. 우리 동네 이야기였으니까.

죽은 사람은 없나 모르겠네.

엄마가 중얼거렸다.

사람이 죽었으면 저렇게 간단하게 넘어갈까요?

내가 받았다.

어제 현장 봐서는 죽고도 남을 것 같던데.

아저씨였다.

봤어요?

내가 물었다.

어제 차 타고 오면서…… 굉장하더구먼……. 방송국 차들도 오고…….

나는 어제 구지구에 갔었다는 말은 꺼내지 않았다. 공연한 걱정거리를 만들어 주고 싶지 않았다. 무엇보다 그건 이제 다 끝난 이야기였다.

이제 철거 시작하겠네.

엄마가 아저씨 말에 답했다.

사람이 다쳤는데요?

내가 반문했다.

어차피 하게 되어 있는 일이니까. 곧 시작하겠지.

막을 순 없어요?

내가 묻자 엄마와 아저씨가 동시에 나를 보았다. 아저씨가 큰 숨을 내쉬면서 답했다.

이젠 늦었지.

왜요?

엄마가 약간 걱정스러운 얼굴로 나를 건너다보았다. 아저씨 역시 마찬가지였는데 아저씨는 걱정 끝에 슬며시 웃는 얼굴이었다.

왜요?

내가 다그쳐 물었다. 그러자 아저씨가 수저를 내려놓고 캔 맥주 하나를 따면서 말했다.

철거를 원하는 사람이 더 많으니…… 그쪽으로 가닥이 잡혀 가는 거지.

원하지 않는 사람들은 말이 없고, 힘도 없고, 싸움을 겁내니까 무시하는 건 아니고요?

아저씨가 계속 내 눈을 건너다보면서 말을 이었다.

내 생각엔 말이지, 싸움을 겁낸다는 건 죽도록 원하는 건 아니라는 말이지. 다시 말해 이래도 좋고, 저래도 큰 불만 없고. 그런 정신이면…… 죽도록 원하는 쪽이 이기게 되어 있어.

착한 정신이 이기는 게 아니고요?

나는 생각지 못한 말을 불쑥 뱉었다.

어떤 게 착한 정신인지 분별해 내는 건 쉽지 않아. 세상은 그리 단순하게 굴러가는 게 아니니.

그래도 못된 건 못된 거 아닌가요. 못된 일은 명백하게 알 수 있잖아요.

그래. 착한 일은 모호하지만 못된 일은 때로 명백하지. 어쩌면 네 생각이 옳을 수도 있어. 하지만 구지구에 근사한 아파트 단지가 들어서고 나면 사람들은 그걸 착한 일이라고 생각할걸.

아저씨가 말했다. 엄마가 받았다.

우리만 해도 당장 거기로 이사 가고 싶어 하게 될 거고.

잠시 숨죽이고 있다가 아저씨가 말했다.

못된 정신은 멋진 모습으로 나타나지. 모두 꼼짝 못하게 말이지. 그래서 그 편에 서고 싶은 욕망을 불러일으키게 되지. 말하자면 이기는 편에 서고 싶다는 욕망, 그게 이 세계의 모순이기도 하고.

저렇게 사람을 다치게 하는데도 멋지다고 생각하는 건가요?

헌데…… 다치거나 죽을 줄 알면서도 저항하는 사람들이 있는 거 보면…… 착한 편에 서고 싶은 욕구 역시 만만치 않아. 착한 정신과 못된 정신, 두 정신이 서로 줄다리기를 하는 것처럼…….

하지만 착한 정신은 너무 적어요.

못된 정신에 비해 착한 정신은 적지만 견고할지도 몰라. 중요한 건 우리 안에 착한 정신 편에 서려는 욕망이 있고, 결국은 의지를 내보인다는 거지. 인류의 역사를 봐도 알 수 있어. 못된 정신이 한차례 확산되고 나면 뒤이어 착한 정신이 그걸 뒤덮기를 반복하니까. 그렇지 않았다면 인류는 벌써 멸망했을 수도 있지.

…….

한 사람의 인생에서도 못된 정신이 확장될 때가 있고, 착한 정신이 확장될 때가 있는 것처럼……. 그게 인류고, 그게 인간이지.

한동안 조용히 앉아 있던 내가 입을 열었다.

그런데…… 구지구 사람들을 더럽다고 말하는 사람들도 있어요. 심지어 쓰레기라고 여기기도 하고요.

바로 그 점이지.

뭐가요?

누군가를, 혹은 어떤 집단을 더러운 쓰레기라고 명명하는 순간 그들을 함부로 대하게 만들어. 다시 말해 처리해야 된다는 정신에 도달하게 만드는 거지.

…….

이를테면…… 모기나 파리를 해충이라고 규정하는 순간 박멸해도 된다는 인식에 도달하게 되는 것처럼 말이야.

…….

바로, 못된 정신이 확산되는 순간이지.

우리는 한동안 조용히 앉아 있었다. 이런저런 뉴스가 공허하게 지나갔다. 아기도 잠들었는지 잠잠했다.

나는 돌아가야 했지만 버티고 앉아 있었다. 해결되지 않은 뭔가가 일어날 수 없게 만들었다. 아저씨가 말했다.

우리 영화나 볼까?

그래요.

엄마가 동의하자, 아저씨가 거실로 자리를 옮겼다. 아저씨가 영화를 찾는 동안 나는 엄마를 도와 식탁 치우는 일을 거들었다. 엄마가 눈치를 주지 않아서 다행이라고 생각했다. 엄마도 내가 뭔가 답답해 한다는 것을 알았는지도 몰랐다.

영화는 〈트로이〉였다. 봤던 영화지만 상관없있다. 어차피 영화 때문에 버티고 있는 건 아니었으니까.

엄마가 나를 툭 치면서 말했다.

트로이에 대해 궁금한 거 있으면 아저씨한테 물어. 예전에 저 부분에 대해서 꽤 깊이 공부했었대.

그래?

엄마가 눈을 찡긋했다. 이 기회에 아저씨와 내가 서먹함을 완전히 털어 버리길 바라는 모양이었다. 나는 아저씨 곁에 가서 앉았다.

이 영화 알지?

아저씨가 물었다.

사실 본 영화예요. 그런데…….

그런데?

궁금한 게 있어요.

어떤…….

트로이 사람들요. 트로이가 망한 뒤 거기 사람들이 어떻게 되

196

었는지……. 이 영화 끝에 보면 주요 인물들이 탈출하잖아요. 실제로는 그들이 어떻게 되었는지 궁금하더라고요.

이 영화는 많은 걸 숨기고 있지. 어쩌면 말하고 싶어 하지 않거나, 잘못 말하기도 하고. 할리우드 상업 영화라는 한계를 가지고 있으니 그저 즐겁게 보면 되지만, 트로이 멸망에 얽힌 이야기는 인류에게 사악한 정신 유산을 물려준 이야기이기도 하거든.

사악한 정신이요?

그렇지. 사악한 정신의 기원쯤에 해당한다고 할 수 있어.

…….

트로이 전쟁에 관한 이야기는 기원전 4~500년 무렵 몇몇 그리스 작가들이 남긴 희곡에서 찾을 수 있어. 어디까지가 실제 역사이고 어디서부터 문학인지 모호하기는 하지만, 그것이 문학 작품이라고 해도 수천 년 동안 잊히지 않고 계속 읽히고 연구되고 있다는 게 중요해. 왜 인류는 저 고통에 찬 이야기를 계속 되풀이하고 있는지 생각해 봐야 하는 거지.

영화가 시작되고 그리스 원정군의 함선이 트로이 해안에 도착한 지점에 이르자 아저씨가 말을 꺼냈다.

그리스 원정군 지도자인 아가멤논과 스파르타 왕인 메넬라오스는 형제간이야. 그들은 당시 그리스의 유명한 아트레우스 가

문의 아들들이면서 쌍둥이 자매인 헬레네와 클리타임네스트라를 각각 아내로 맞이했어. 그들이 헬레네를 명분으로 트로이를 공격한 건 실은 헬레네를 빼앗은 일을 응징하려는 게 아니었어. 그렇다고 트로이를 정복해 식민지로 삼기 위함도 아니었지. 트로이를 파괴해서 부를 빼앗아 오고……, 무엇보다 복수하기 위한 거였지. 사실 트로이에 대한 그리스 연합군의 공격은 오랜 숙원이라 할 수 있었어. 트로이 전쟁 이전, 적어도 수백 년 동안 그 지역의 누구도 트로이를 상대로 이긴 적이 없었거든. 오랜 세월 트로이가 그 지역 최강자였지. 당연히 엄청난 재화를 보유하고 있었겠고. 트로이의 왕자가 스파르타 왕비인 헬레네를 납치해 갈 수 있었던 것도 트로이가 그 지역 최강자라는 걸 역설하는 거겠지.

……

결론부터 말하면, 아킬레우스와 오디세우스가 참전한 이 전쟁은 에게 해를 사이에 두고 동방에 번성한 트로이 문명과 유럽인 그리스 땅에 번성한 미케네 문명 간의 충돌이었지. 동시에 트로이 문명이 멸망하게 된 종결전이 되었고. 달리 말하면 당시 가장 번성하던 한 도시 국가를 경쟁 관계에 있던 다른 도시 국가들이 연합해서 전쟁을 일으킨 거야. 그래서 한 도시를 완전히 파괴하고, 그 시민들을 무차별적으로 집단학살한 사건이지. 즉, 제노사이드였지.

제노사이드요?

상대 집단을 학살하는 것을 제노사이드라고 하는데, 인종 청소, 문화 말살 같은 일 모두를 제노사이드라고 해.

…….

트로이 전쟁에서 제노사이드 정신이 처음 발현된 것은 물론 아니야. 인류는 이미 제노사이드 경험을 가지고 있었지. 그런데 트로이 전쟁은 당시로 보면 문명 간의 충돌이었고, 상대 문명을 완전히 말살한 사건이라는 점이 중요해. 어떤 사악한 정신이 공공연해지고, 정당성을 확보하면서 확산되기 시작한 셈이니까.

아킬레우스가 헥토르를 죽여 마차에 묶어 끌고 다닌 날 밤, 트로이의 프리아모스 왕이 아킬레우스를 찾아와 아들의 시체를 돌려 달라 애원하는 장면이 지나가고 있었다. 내가 물었다.

프리아모스 왕의 가족들은 전쟁 뒤에 어떻게 되었어요?

가족이라……. 고대 그리스 시대 쓰인 희곡에 의하면…….

…….

왕후 헤카베는 오디세우스의 전리품이 되지.

다른 가족들은요.

프리아모스 왕의 아들 헥토르와 파리스는 전쟁에서 죽어. 프리아모스 왕의 딸 카산드라는 아가멤논의 전리품이 되었다가, 아가멤논의 아내 클리타임네스트라 손에 죽임을 당하지……. 프리아모스 왕과 헤카베 사이의 막내아들인 폴리도로스는 이웃 나라인 트라키아의 왕한테 보내져. 엄청난 양의 황금을 지참시켜 보내면서 왕자의 보호를 요청했지. 하지만 트라키아 왕은 트로이가 함락당하자 왕자를 죽이고 황금을 차지해 버렸어.

그리고 또 한 명의 공주인 폴릭세네는 아킬레우스의 무덤에 재물로 바쳐지게 돼. 어린 처녀 폴릭세네의 피를 아킬레우스의 무덤에 뿌리기 위해 오디세우스가 선동적인 논리를 펼치고, 아킬레우스의 아들이 적극 나서게 되지. 결국 트로이 공주 폴릭세네는 아킬레스의 무덤에 목을 바치게 돼.

헥토르의 아내는요?

헥토르의 아내 안드로마케는 아킬레우스 아들인 네오프톨레모스의 전리품이 되어 그의 아들까지 낳아. 자기 남편을 죽인 아킬레우스의 손자를 낳은 거야. 하지만 네오프톨레모스 아내의 질투로 아들과 함께 죽을 처지에 놓이지. 이때 아킬레우스의 아버지가 등장해 안드로마케와 증손자의 목숨을 구해 줘. 하지만 후에 아킬레우스의 아들인 네오프톨레모스가 죽자, 안드로마케는 아들을 데리고 헬레노스의 정식 부인이 되어 몰로시아 땅으로 향하지. 그곳에서 안드로마케의 아들이자 아킬레우스의 손자인 몰로소스는 새로운 왕조를 건설하게 돼. 안드로마케는 헥토르의 아내였는데, 남편을 죽인 아킬레우스의 대를 잇는 아이를 낳고, 이 아이가 새로운 왕조를 세우는 것을 보게 되는 거야.

헥토르와 안드로마케 사이의 아들은 어떻게 되고요?

성탑에서 밖으로 내던져져 죽어.

트로이 시민들은요?

아이네이아스 장군을 따라 탈출한 소수를 빼고는 모조리 살육당하고.

트로이를 탈출한 사람들은 어디로 갔나요? 어떻게 되었나요?

아이네이아스가 이끄는 트로이 난민들은 7년 동안 지중해 인근을 이리저리 떠돌아다니다가 카르타고를 거쳐 이탈리아 땅에 도착하게 돼. 거기서 그들은 이탈리아 반도에 이미 살고 있던 원주민에게 제노사이드를 자행해. 원주민 지도자를 살해하고, 그들의 왕국을 빼앗고, 원주민들을 몰살시켰지. 그리고 그 땅에 로마를 건설하게 되는 거야.

로마요?

그래, 로마를 건설한 자들이 바로 트로이 난민들이지.

…….

트로이 인들은 그리스 연합군에게 당한 방식 그대로 이탈리아 원주민들을 향해 실행해. 피해자에서 잔인한 가해자가 되고 말았던 거야. 즉, 자기들이 당한 방식으로 복수한 거지.

......

비록 트로이 이야기가 실제 역사가 아니라 문학 작품이라고 해도, 이 작품이 수천 년 동안 사람들의 정신을 사로잡은 것은 바로 그 방식 때문이지. 가장 손쉬운 방식, 즉 폭력을 사용해 승리하는 방식을 사람들은 선택하고, 계승하고, 또 자신들이 행한 폭력에 대한 변명의 구실로 트로이 이야기를 이용하는 거지. 다시 말해 전례가 있는 일이라는 거야.

......

......

트로이 전쟁의 피해자는 트로이 사람들이잖아요.

그렇지. 그런데 그들은 피해 자학에서 벗어나지 못했지.

그렇게까지 제노사이드를 당하고 나면 누구나 보복하려 하지 않을까요?

복수?

네, 복수요.

보복하는 것보다 더 중요한 건 보복하려는 정신에서 자유로워지는 거 아닐까?

왜, 보복에서 자유로워져야 하는 거죠?

그건 말하자면, 트로이를 멸망시킨 그리스 연합군은 그 전쟁에 대해 이미 잊었을 테니까. 그리고 그리스 사람들은 트로이 사람들이 아니라 자기 신들로부터 받을 벌은 받고, 잘못은 용서받았다고 생각할 테니까.

그러면 트로이 사람들이 복수가 아니라 용서하는 마음을 가졌다고 해도 아무 소용도 없는 거잖아요. 자신들이 피해자인데 용서할 기회도 없는 거잖아요.

그래. 바로 그래서 보복으로부터 자유로워져야 하는 거지.

…….

가해자는 이미 피해자의 용서 따위와는 상관없는 시간을 살고 있으니.

…….

보복이나 용서는 당사자의 일이 아닐 수도 있어.

그게 무슨 말인가요?

그러니까, 보복이나 용서는 인류 전체의 흐름 속에서 이루어지는 어떤 자연스러운 행태지. 인간 개인이 할 수 있는 일이 아닌 것 같다는 생각이 들어.

하지만 전쟁에서 진 사람들은 어떻게든 살아야 하는 거잖아요.

그렇지……. 바로 그 '어떻게'가 중요하지.

…… .

중요한 건 트로이 사람들은 제노사이드 당한 경험을 통해 좀 다른 차원을 배우지 못했다는 거야.

다른 차원이라니요?

자신이 겪은 고통을 다른 민족이나 후대에 전해 주지 않겠다는 결론에 결코 도달하지 못했지. 그들은 자신들이 당한 방식을 답습했어. 아니 다른 민족에게 더 지독한 가해자가 되었어. 피해자에서 가해자로 돌변한 거지. 만일 그들이 자신들이 당한 고통을 다른 민족에게 전해 주지 않겠다는 정신에 도달했더라면 인류의 역사가 달라졌을지도 모르지.

……

그 정신에 도달했더라면…… 인류는 적어도 대량 학살하는 역사를 되풀이하지는 않았을지도 몰라.

……

안타까운 일이지만, 수단과 방법을 가리지 않고 승리한 하나의 사건이 발생했고, 이후 인류의 정신이 되었지. 그리고 지금까지 승리를 열망하는 사람들은 그들의 방식을 벤치마킹해 왔고. 그렇게 못된 정신이 계승되어 온 거야. 비단 역사적인 큰 사건들뿐 아니라, 작은 집단 사이 분쟁이나 개인 사이 다툼에까지 그 정신이 이어져 온 거지. 하나의 못된 정신이 그렇게 확산되어 온 거라고 봐.

……

하지만 당장 악한 어떤 것이 눈앞에서 승승장구하는 것처럼 보인다고 해서 지나치게 낙담하는 건 성급할 수도 있어.

그냥 놔두라는 건가요?

그건 아니지.

그럼요. 그 방향을 틀 방법은 뭐죠?

정신의 방향을 바꿀 수 있는 건 어떤 행동일 수 있겠지.

어떤 행동이요?

연속되는 고리를 끊어 내는 행동. 내가 당한 못된 일을 다른 사람에 물려주지 않겠다는 윤리적 정신을 다지는 것. 그리고 행동하는 것. 돌발적일 수도 있고, 냉정할 수도, 대담할 수도 있는 어떤 행동이 우리의 정신을 바꿔 놓는 지점이 될 수도 있겠지.

…….

정신이 바뀌면 삶의 형태도 바뀌지.

그걸 어떻게 알 수 있죠?

지금 우리가 살고 있는 이 제도는 우리 정신의 형태인 셈이야. 다수가 열망하는 것이 제도로 정착되어 가는 거니까. 각 개인의 삶의 모습이 그 개인의 정신의 표현인 것과 마찬가지로.

…….

지금 우리가 극심한 경쟁을 유도하고, 폭력이 일상화된 세계에 살고 있다면 그건 우리 정신이 그걸 원한 걸 거야. 하지만…….

하지만요?

때때로 우리가 원하지 않았던 극점까지 몰려가 버리기도 하니까.

그렇게 되면 어떻게 될까요?

우리는 깨닫게 되겠지. 그리고 방향을 바꿀 거야. 분명히…….

시간이 조금 흘렀다. 우리는 모두 말없이 앉아 있었다.

물었다.

내가 겪은 못된 일을 다른 사람에게 전해 주지 않겠다는 정신에는 어떻게 도달하게 되는 건가요?

그건, 아마…… 사랑을 통해서겠지.

엄마가 답했다.

사랑이요?

그래. 사랑.

내가 물었다.

사랑한다고 해서 상대의 요구를 다 들어주라는 건 아니지요?

물론. 때로 냉혹해야 할 경우가 있지. 어쩌면 냉정한 선택을 하는 쪽이 더 높은 차원의 사랑일 수도 있어.

시간이 조금 더 지난 뒤, 내가 일어서자 아저씨와 엄마가 따라 일어섰다.

책 좀 빌려 가도 되나요?

내 말에 아저씨가 나를 물끄러미 쳐다보았다. 그러자 엄마가 나를 아저씨 서재로 슬쩍 밀어 넣었다. 내가 아저씨와 친해지기 위해 노력하고 있다는 것을 엄마가 알아차린 것이다. 아저씨와 친해지기 위해 노력하고 보니 아무 노력도 하지 않은 것보다 한 단계 높아진 정신을 갖게 된 것 같았다.

엘리베이터 문 앞에서 엄마가 낮게 속삭였다.

이제 다 컸네.

나는 아무 말도 하지 않았다. 엘리베이터 문이 닫힐 때까지 엄마 눈에 비친 나를 바라보다가 문이 완전히 닫히자 그때서야 1층 버튼을 눌렀다.

*

학원에서 구지구 이야기는 나오지 않았다. 구지구 이야기는 아이들 관심사가 아닐 수도 있었다. 아직 우리가 감당하기에 너무 벅찬 일인지도 몰랐다. 구지구는 바로 코앞에 있지만 달보다면 이야기였다.

나는 구지구에 한번 가 보고 싶었다. 하지만 조 패거리와 더 이상 만나지 않으니 구지구에 갈 일도 없었다.

며칠간 조 이야기도 잠잠했다. 조 패거리에 관해서라면 아이들이 나한테 소심하는 것일 수도 있었다. 어쨌거나 조 패거리에 관한 이야기에는 나도 끼어 있고, 한번 조와 어울린 이상 아이들이 모를 리 없었다. 그래서 학원 아이들이 나한테 쉬쉬하는 것일 수도 있었다. 그에 비해 학교에서는 쉬쉬하지는 않았다. 어떤 식으로든 내 귀에도 이야기가 들어올 것이었다. 학원과 학교는 같은 듯하면서도 확연하게 다른 면이 있었다.

구지구 공터 일 이후 조도 미나도 연락해 오지 않았다. 이제 그 아이들과 나는 아무 상관도 없었다.

2학기가 시작되면 학원에 다니지 않을 생각이었다. 이제 여름 방학도 끝이었다.

그런데 학원 수업 마지막 날 조가 나를 찾아왔다. 수업을 마치고 나오는데 중앙 계단 앞에 조가 기다리고 있었다. 혼자였다.

나는 못 본 체 지나가려 했다. 그게 서로에게 맞는 인사법일 것이었다.

안녕.

조가 내 앞을 막고 섰다. 나는 조를 바라보았다. 얼굴은 여전했지만 뭔가 달라진 것도 같았다. 조 입에서 '안녕'이라는 말이 나오는 것부터 달라진 것이었다.

말 좀 해.

할 말 없어.

내가 답했다.

시간 오래 안 걸려.

조는 그렇게 말하고는 옥상으로 향하기 시작했다. 나는 망설였다. 다시 조 패거리 일에 휘말리는 일은 없을 것이다. 그러니 겁낼 일도 없었다. 나는 조를 따라 올라갔다.

옥상에는 아이들 몇이 난간 근처에 모여 있었다. 조는 그들로부터 가장 멀리 떨어진 모서리 난간 곁에 가 섰다. 내가 다가서자 조가 말했다.

쉽게 말할게.

나는 조를 보았다.

날 살려 주는 셈 치고 한 번만 더 도와라.

나는 여전히 조를 바라보았다.

너한테 내가 잘못한 거 알아.

언제든 반성할 준비가 되어 있는 사람이 얼마나 우스운지 조는 언제쯤 알게 될까. 나는 조의 눈을 바라보면서 생각했다.

나도 어쩔 수 없었어.

…….

그렇게 하지 않았다면 너나 나나 둘 다 엄청 당했을 거야.

…….

내 맘 알지?

…….

아, 그래그래, 솔직하게 말할게.

…….

H가 널 넘겨주면 날 받아 주겠다고 하더라. 그래서 그랬어.

…….

그런데 이상한 건 H가 그렇게 쉽게 널 보낼 줄 예상 못 했어.
어떻게든 널 자기 패거리에 넣으려고 해야 마땅한데.

…….

그게 다 내 덕인 줄 알아.

…….

내가 널 아끼는 줄 알고 너한테 선처를 베푼 거 아니겠어.

내가 입을 열었다. 한 가지 물어보고 싶은 게 있었다.

그런데 넌 왜 그랬지. 왜 날 괴물이라고 했지. 그렇게까지 하
면서 넘길 필요는 없지 않았나?

그러자 조가 뭔가 생각하는 눈치였다. 곧 조가 입을 열었다.

네가 실수했으니까.

뭘.

리더 노릇 한 거. 네 맘대로 결정한 거.

…….

넌, 내가 리더라는 걸 잊었어. 내 비위를 건드렸어. 그것만 해도 넌 혼나야 돼.

…….

하지만 이제 서로 빚진 건 없어.

…….

그러니까 한 번만 더 도와라. 이번엔 네 맘대로 해. 네가 리더하라고.

…….

그런 다음에 정말 끝내자.

조 입에서 끝이라는 말이 나옴과 동시에 나는 내 팔을 붙들고 있던 조의 손을 탁, 쳐냈다. 그리고 답했다.

벌써 끝났어.

끝은 내가 내. 넌 마음대로 끝낼 수 없어.

나는 조를 건너다보았다. 조의 눈과 얼굴 저 뒤로 암흑에 묻혀 있는 구지구가 펼쳐져 있었다.

조.

내가 낮게 불렀다. 조가 나를 쳐다보았다.

내 말 잘 들어. 내가 또 너를 돕게 되면 널 해치게 될 거야.

날 해쳐?

그래.

조가 나를 노려보았다. 한참 나를 노려보던 조가 고개를 돌리면서 말했다.

그래도 어쩔 수 없지. 난 어쨌든…… 이길 거야……. 이기지 못한다면 파괴해 버릴 거야.

넌 걔들을 이기지 못해. 도리어 네가 파괴될걸.

그래도 상관없어. 그것들을 파괴할 수만 있다면…….

조와 나는 한동안 구지구 쪽만 바라보고 서 있었다.

여기 봐.

조가 남방셔츠를 벗었다. 왼팔에 붕대가 감겨 있었다.

뭐야?

그것들이 이렇게 만들었어. 열두 바늘이나 꿰맸어.

…….

도와줘라.

*

그날 옥상에서 조는 내가 조 패거리를 빠져나간 뒤에 일어난 일에 대해 하소연했다.

H는 내가 사라지자 조와의 약속을 어겼다. 조가 항의했지만 허사였다. H는 조를 무시했다. 이것이 조의 비위를 건드렸다. 조는 H를 향해 화를 내야 했다. 그런데 조는 H가 아니라 신가다 아이들을 향해 분노를 폭발시켰다. 먼저 신가다 애들에게 H가 가까이 가지 말 것을 경고했다고 한다. 하지만 신가다 아이들은 조의 경고를 무시했다. 조가 이제 날 이용할 수 없다는 걸 알기 때문이었다. 조의 경고를 무시할 뿐 아니라 더욱 공공연하게 H 패거리와 어울렸다. H 패거리 역시 거리낌 없이 신가다와 어울렸다. 심지어 조와 신가다 쪽에서 동시에 H를 필요로 했을 때는 여지없이 신가다 쪽을 선택했다.

조는 분노했다. 조가 한번 분노하기 시작하면 어떤 결과가 오는지 신가다나 H가 몰랐을 리 없다.

어쩌면 내가 미쳐 날뛰기를 바란지도 몰라.

…….

그 새끼들은 그런 새끼들이야.

하지만 조는 저들이 바란 대로 미쳐 날뛰지는 않았다. 조는 힘이 없었다. 조에게는 완벽하게 충성해 주는 남자애들 패거리가 없었다. H가 속한 패거리는 신가다와 어울리는 것을 더 좋아하고 있었다.

하지만 조는 그런 일을 그냥 넘겨서는 안 되는 조직의 리더였다. 결정을 내려야 했다. 여기서 물러난다면 끝이었다. 패거리에서 아이들이 이탈할 것이고, 그러면 조는 몰락할 수밖에 없다.

조는 신가다 애들과 싸우기로 결정했다. 싸워서 H와 그 패거리를 되찾아 오는 것. 일단 거기까지만 생각했다. 뒷일은 그 다음에 생각하기로 했다.

조 패거리와 신가다는 구지구 공터에서 만났다. 이번에는 조도 구경만 하고 있을 수는 없었다. 싸움에 직접 나서야 했다. 조는 몸으로 하는 싸움에는 약하다. 조는 오직 자신의 몸이 내뿜는 감각적 독기에 의존한다. 하지만 신가다 쪽에서는 조가 내뿜기만 하는 독기에 물리적 힘이 빠져 있다는 허점을 파악하고 있었다. 조에게 내가 없다는 것. 조가 새로 끌어들인 아이들은 조를 의심할 만큼 충성도가 약하다는 것. 그래서 조를 위해 힘껏 싸우지 않을 거라는 것. 뿐만 아니라 조 개인은 약체라는 것. 조에게 있는 건 표독한 성격뿐이라는 것. 일단 힘으로 제압하고 나면 항복을 받아 내는 일은 쉬울 거라는 것.

하지만 막상 싸움이 시작되자, 조는 그리 만만한 상대가 아니었다. 조는 규칙을 어기고 먼저 도구를 사용할 줄 알았다. 조는 타락했다. 타락의 강도만큼 비열했다. 조는 공터에 나뒹구는 맥주병을 찾아 들었다. 조는 맥주병 두 개를 양손에 들고 벽돌더미에 내리쳤다. 신가다 아이들은 주춤했다.

깨진 병 덕에 조는 제법 버텼다. 하지만 신가다 아이들은 조를 뺀 나머지 아이들을 먼저 제압했다. 이제 조 혼자 아이들을 상대해야 했다.

신가다 애들이 조를 에워싸고 기회를 노렸다.

깨진 맥주병을 양손에 든 조. 룰을 어기고 무기를 든 조. 타락한 조.

조를 향해 신가다 아이들이 한꺼번에 달려들었다. 신가다의 누군가가 조를 뒤에서 끌어안는 데 성공했다. 조는 한 손에 든 맥주병을 빼앗겼고, 나머지 맥주병만을 휘둘러 댔다. 조의 맥주병 한 개를 빼앗아 든 아이도 무기를 그냥 버리지는 않았다. 조 흉내를 냈다. 그렇게 맥주병을 휘두르던 신가다 아이가 병으로 조의 팔을 그었다. 조가 비명을 질렀다. 조를 끌어안았던 애가 조를 놓았다. 조가 맥없이 주저앉았다.

싸움은 끝이 났다.

조의 팔에서 피가 흘러내렸다. 꽤 깊게 그어진 상처였다. 하지만 아무도 조의 상처에 주의를 기울이지 않았다.

아이들은 조를 완전히 제압했다는 사실에 흥분했다. 신가다 아이들은 자신들이 당했던 대로 구가다 아이들을 일렬로 세워 놓고 차례로 뺨을 후려쳤다고 한다. 물론 팔을 찢긴 조에게도 예외를 두지 않았다고 한다. 그 일 뒤 구가다의 아이들은 모두 신가다 패거리가 되었다.

조는 그냥 물러설 생각이 없었다. 조는 선배를 찾아갔다. 중학교 1학년 때 자신을 처음 그 세계로 이끌고 들어가 사악한 감각의 힘을 일깨워 준 그 선배였다. 그 선배를 통해 조는 몇 명의 남자아이들을 제공받았다. 그 선배는 수능 준비 때문에 나름 바쁘고, 자신은 이미 조에게서 멀리 떨어진 세계에 있었다. 하지만 자신이 조에게 어떤 존재인지는 잘 알고 있었다. 조 역시 자신에게 그가 어떤 의미인지 알고 있었을 것이다. 그들은 서로를 타락시킨 최초의 장본인들이었다.

*

그래서?

그 선배가 사람을 보내 줄 거야.

그런데?

완전히 끝장내 버릴 거야. 누구든……. 계획이 있어. 넌 와 주
기만 하면 돼.

도와줄 사람도 있는데 내가 꼭 낄 필요 있나?

네가, 내 곁에 있다는 게 중요해.

…….

너는, 내 편이기만 하면 돼.

…….

내 편에 서지 않으면, 그것들이 너를 끌어들이려 할 거야.

난 누구 편도 아니야.

그럴 수 없을걸. 넌 어느 편이든 서게 될 거야. 내가 아니더라
도 개들이 가만두지 않을 거니까.

조가 나를 노려보고 있었다. 나는 조의 어두운 눈을 바라보았
다. 조의 눈 안에 있는 나를 바라보았다. 나는 조였다. 나는 조와
마찬가지였다. 나는 조보다 더 어두운 눈으로, 조가 아니라 조를
통과해 그 너머를 응시하고 있었다.

*

며칠 뒤였다. 저녁 일곱 시 무렵이었다. 곧 어두워지겠지만 아
직은 아니었다. 조와 약속한 시간보다 조금 이른 시간이었다. 나

는 되도록 천천히 걸었다.

조는, 어쩌면 구지구 어디쯤에 와 있을지도 몰랐다. 아니라면 조 역시 패거리들과 구지구로 향하는 중일 것이었다.

미나는 약속 장소에 나올까? H도 없이 미나가 나올지 의문이었다. 미나 패거리라고 해 봐야 다섯 명 정도에 모두 여자애들이었다. 조가 어떤 짓을 할지 미나가 예상은 하고 있을까? 예상하지 못했다면 나올지도 몰랐다. 미나 역시 조를 어떻게든 처리해야 자기 위치를 확고하게 할 수 있었다. 만일 미나가 조의 계획을 예상했다면, 미나는 나타나지 않을 확률이 높았다. 조를 도우러 온 남자들은 H 패거리와는 차원이 다를 것이다. 성인이나 다를 바 없는 그들이 조 패거리에 합류한다면 미나는 물론이고 H 패거리까지 몰려들어도 이길 수 없을 것이다.

구지구 입구였다.

구지구 입구는 암흑이었다. 아직 완전한 밤은 아니었다. 하지만 불길이 치솟아 오르던 일주일 전의 그 모습이 아니었다. 일찌감치 어둠이 스며들어 있었다. 환한 대낮에도 어두웠을 것 같았다. 어두운 공기 속에 불에 탄 고무 냄새와 나무 냄새 혹은, 동물의 털이 탄 냄새나 숯이 된 비계 냄새 같은 것이 뒤섞여 공기의 밀도를 뻑뻑하게 만들고 있었다. 건물 현관과 깨진 유리창, 붉고 흰 플래카드들이 찢어지거나 늘어진 채 펄럭이고 있었다. 사람은 보이지 않았다. 그 어떤 기척도 느껴지지 않았다. 어둠은 깊고 공기는 탁했지만 전체적으로는 고요했다. 하지만 그 고요한 폐허에서 뿜어져 나오는 기운은 드셌다. 빨려 들어갈 것 같았다.

나는 서둘러 그 앞을 지났다. 한참 걸어가서 불에 탄 건물 냄새가 약간 희미해진다는 생각이 들자 긴장이 풀렸다. 나는 천천히 걷기 시작했다. 등에 진땀이 흐른다는 것을 알았다. 땀이 식자 한기가 온몸을 뒤덮었다. 나는 다시 서둘러 걸었다. 뛰는 게 나을지도 몰랐다. 하지만 뛰지는 않았다. 조가 왔을까?

공터에 도착했을 때는 어두워진 뒤였다. 서쪽 하늘 끝에 가로로도 길게 입을 벌리고 있던 빨간 석양도 더는 보이지 않았다. 어두운 공터는 고요했다. 아직 아무도 오지 않은 모양이었다. 나는 공터 한가운데를 지나 농구 골대 쪽으로 걸어 들어갔다. 시시각각 어두워지고 있었다.

그때 공터 입구에 한 무리의 아이들이 들어서고 있었다. 조였다. 어둠 속에서도 조가 섞인 무리와 섞이지 않은 무리를 구별할 수 있었다. 그들이 공터 안으로 좀 더 들어오자 그 무리에 미나가 섞여 있는 것을 알았다. 하지만 신가다 아이들은 보이지 않았다.

와 있네.

조가 나를 보고 하는 소리였다.

무리와 나는 뒤섞였다. 무리 속에는 조 패거리뿐 아니라 낯선 남자 서넛도 섞여 있었다. 조의 선배가 보낸 사람들일 것이다.

어떻게 된 거지?

내가 미나를 어깨로 가리키면서 조를 향해 물었다.

말하자면 길어.

조가 속삭였다. 나는 조의 눈을 험하게 노려보았다. 말하자면 지금 이 상황은 내가 알고 있던 상황이 아니라, 뭔가 나를 속이는 것 같은 분위기 아니냐는 표현이었다.

인질이야.

조가 속삭였다.

왜?

쟤들이 몸을 빼잖아. 내가 선배 도움을 받는다는 정보가 흘러들어간 거지. 통 움직이려 들지 않잖아.

그래서?

내가 소문을 좀 흘렸어. 오늘 미나를 잡아서 혼내 준다고 퍼뜨렸지. 곧 나타날 거야. 그 전에…… 시작해.

어둠 속에서 조가 자기 패거리를 향해 말했다. 아이들이 웅성거렸다. 조가 칼날을 뺄듯 다시 알렸다.

시작하라니까.

그러자 아이들이 미나를 양쪽에서 잡았다. 그리고 어둠 중에서도 가장 어두운 구석으로 끌고 들어갔다. 아이들이 미나를 끌고 들어간 공터 구석은 랜턴으로 비춰도 빛이 도달하지 않을 것처럼 어두웠다. 미나가 소리를 지르다가 제압당했다. 누군가 미나의 입을 막은 것 같았다.

내가 그들 쪽으로 한 발 다가갔다. 조가 내 팔을 잡았다.

그냥 구경이나 해.

조는 어떤 선의나 양심, 혹은 망설임 같은 것을 배우지 못했다. 조는 자신이 벌인 일이 어떤 파장을 일으킬지에 대해 걱정하는 것도 배우지 못했다. 조에게 어떤 양심이나 망설임이 느껴졌다면, 그것이 도리어 잘못된 일이었다. 조는 똑똑히 보는 법만을 알았다. 자신을 위협하면 상대에게 어떤 결과가 벌어지는지 보복하는 법만을 체득했다. 그게 조의 힘이었다.

미나의 비명이 이어졌다.

넌 여기 있어. 그 새끼들이 오는지나 봐.

조가 내 어깨를 툭, 치면서 미나와 패거리를 숨긴 어둠 속으로 걸어 들어갔다. 미나는 조의 선배가 보낸 사람들에 의해 폭행을 당하고 있었다. 나는 미나가 당하고 있는 폭행이 일으키는 소란과 비명을 고스란히 듣고 있었다. 하지만 몸을 움직이지는 않았다.

곧, 그들이 올 것이었다.

시간이 지루하게 흘렀다.

나는 초대한 손님들을 기다리고 있었다.

이윽고, 한 무리의 사람들이 손전등 불빛을 어지럽게 흔들며 달려오는 것이 눈에 들어왔다. 하지만 그들은 내가 기다리는 손님들이 아니었다. H 패거리였다. 그들이 공터 안으로 몰려오고 있었다. 공터로 들어온 H 패거리들은 곧 미나가 있는 구석으로 몰려갔다. 어둠 속에서 난투극이 벌어졌다.

나는 여전히 공터 한가운데 서 있었다. 여전히 초대한 사람들을 기다리고 있었다.

8월의 막바지를 향하는 덥고 눅눅한 밤. 구지구 깊은 곳에 닿았다가 되돌아오는 여자애의 비명 소리를 좇는 사람들, 그들을 기다리고 있었다.

이 못된 정신의 확산을 끝장내는 데 도움을 줄 사람들. 내가 익명으로 신고를 하고, 신고를 받은 순찰대가 신고자를 믿고 와 주기를 기다리고 있었다.

하지만 내가 기다리는 그들은 오지 않고 있었다. 다른 사람들이 먼저 왔다. 그들은 이 구역을 통과하는 밤의 등산객들이었다.

그들이 공터의 소란을 감지했고, 경찰에 신고했다. 그러자 내가 이미 했던 신고가 거짓이 아니라는 사실이 확인되면서 경찰이 움직였다. 요란한 사이렌 소리를 앞세운 경찰과 등산객 들이 공터 안으로 몰려들었다.

소란의 와중에 조 패거리와 H 패거리들 대부분이 도망쳤지만, 몇 명은 붙잡혔다. 붙잡힌 애들을 통해 패거리 전부가 노출되었다.

나머지 이야기는 시시하다. 그날 구지구 공터에서 벌어졌던 일에 연관된 아이들 대부분은 처벌을 받았다. H와 그 패거리에 속한 몇몇은 자퇴했으며, 미나는 전학을 갔다. 조는 정학 처분을 받았다. 대부분의 아이들은 봉사 활동 처분을 받았다. 나 역시 봉사 활동 처분을 받았다.

*

그 뒤 많은 시간이 흘렀다. 학년도 바뀌었다.

조가 다시 사거리에 보이기 시작했다. 조는 여전히 두어 명의 패거리를 데리고 다녔다. 하지만 조는 이제 예전의 조가 아니다.

조는 여전히 우리 주위에 있지만 우리를 두렵게 만들지 못했다. 조의 이미지는 평범해졌다. 그뿐 아니라, 조롱거리마저 되었다. 조가 보는 앞에서 장난삼아 '잘각잘각' 흉내 내는 아이들이 흔했다. 아이들은 조의 등 뒤가 아니라 조 앞에서 웃는다.

조가 속한 세계 역시 조롱거리가 되었다. 그 애들은 여전히 존재하지만 더 이상 선망의 대상이 아니다. 여전히 사기들끼리 몰려다니고 때때로 분란을 일으키지만, 이제 그 애들은 시시할 따름이다.

사거리에서 조와 마주칠 때도 있다. 우리는 서로 모른 체 지나간다. 완전히 낯선 사람보다 더 낯선 사람들처럼 스쳐 지나간다.

하지만 어떤 밤이 되면 나는 조를 생각한다. 그때 내가 생각하는 조는 지난 기억이다. 나는 그 시기를 건너온 것이다.

문제적 개인이 문제적 개인을 관찰한 심층 보고서

1. 경계인의 시선으로

　헝가리의 문학가 게오르규 루카치는 성장소설 속 주인공을 "영혼의 심연에서 주체를 찾는 문제적 개인"이라 정의했다. 즉, 소설에 숨겨져 있는 삶의 이면을 이들이 찾아 나선다는 것이다. 박영란의 『못된 정신의 확산』 속 주인공 '나'도 모종의 사건을 겪으며 해결의 출구를 향해 나아가는 문제적 인물이다. 평범하지만 아웃사이더 기질이 있는 '나'가 '조'라는 같은 학교 폭력배 여학생을 만나 겪는 사건이 소설의 뼈대를 이룬다. 언뜻 학교 폭력이나 청소년 일탈 사건을 그렸던 기존 청소년 소설의 연장선에 있는 작품으로 보이지만, 이 소설의 색다른 지점은 주인공이 사건의 당사자가 아니라는 점이다. 사건은 '조'가 벌이고, 주인공은 사건 외부와 내부에 머물며 갈등을 겪는다. 주인공은 때로 사건 안에 깊숙이 개입하는 행위자이다. 동시에 사건 개입에 깊은 회의를 가지고 사건 외부에서 모든 것을 냉정히 지켜보는 관찰자이기도 하다. 사건에서 벗어나려는 원심력과 사건 안으로 들어가려는 구심력이 주인공을 경계인으로 위치시키고, 모든 사건의 심층 보고자가 되도록 한다. 이 절묘한 위치의 경계인 소녀가 성장하는 과정을 지켜보는 것, 그것이 우리 독자의 몫이다.

2. 치명적이지만 위험한 악의 매력

프랑스의 철학자 뤼시앙 골드만은 소설을 "허위의 세계에서 진정한 가치를 추구하는 타락한 이야기"라 정의했다. 부연하자면 "타락한 사회에서 타락한 방법으로 진실을 추구"하는 것이 소설이나 영화 같은 이야기 장르의 본질이라는 것이다. 가령 평범한 사람들이라면 좀처럼 가까이 하기 어려운 깡패나 조폭이 등장하는 영화가 우리 사회에 많은 이유는, 우리 사회에서 대표적으로 타락했다고 여겨지는 아웃사이더의 삶을 통해 우리 사회를 낯설게 보고, 그 사회에 숨겨진 진실과 가치를 반추할 수 있기 때문이다.

앞서 말한 루카치의 문제적 개인과는 구별하여 뤼시앙 골드만은 타락한 사회에서 타락한 방법으로 살아가는 인물을 문제적

개인이라 칭한다. 그러니까 이 소설에서 루카치의 문제적 개인
이 주인공 '나'라면, 골드만이 말하는 문제적 개인은 '조'라는 인
물인 셈이다. 그리고 '조'를 통해 우리는 청소년이 저지르는 일탈
에 숨겨진 이면을 발견할 수 있다. 그간 청소년 소설에서 폭력을
저지르는 아이들은 대부분 극단적으로 악한 아이들이라 규정되
어 왔다. 가해자와 피해자라는 이분법으로 폭력의 양상을 구분
하고, 폭력적이거나 위협적인 아이는 가해자의 자리에 앉힌다.
때로는 아이들이 일탈을 저지르는 원인으로 가정사, 친구나 학
업 문제, 사회의 무관심 등을 주목하며 이들에게 면죄부를 주는
양상으로 이야기가 전개되기도 했다. 이렇듯 지금까지 청소년
소설에서는 그들의 일탈을 몇 가지 패턴으로 규정해 왔다.

　이 작품은 그 패턴을 분명하게 벗어난다. 대신 일탈 청소년이
저지르는 '악'의 이면을 탐색한다. 특히 '악'의 중요한 특징 중 하
나인 '치명적인 매력'에 주목한다. 주인공은 '악'에는 '선'이 가지
지 못한 묘한 매력과 진실이 숨어 있음을 발견한 것이다.

　나는 조를 좋아했다. 조가 마음에 들었다. (중략) 기분 좋아진 고양
　이처럼 갸르릉거리면서 웃는 모습, 내 곁으로 다가올 때 '잘각잘각'
　거리는 방울 소리, 어딘지 쓸쓸한 기분이 들게 만드는 향수 냄새,
　가늘고 흰 팔목, 긴 종아리, 관심 없는 사람에게 보이는 싸늘한 표

정, 수학 점수 20점을 받고도 아무렇지도 않게 점수를 입 밖으로 꺼내는 천진난만함. 조. 그 놀랍도록 불량한 걸음걸이, 의심스러운 일이 생기면 싸늘하게 고개를 갸웃하는 습관, 그럴 때 드러나는 표정.(24쪽)

이 소설에서 작가가 가장 정성스럽게 묘사하는 대목은 '조'가 얼마나 아름다운지 말하는 부분이다. 감정이 실려 있지 않은 하드보일드한 문체로 서술한 이 장면은 도리어 그 담담함 때문에 더욱 조에 대한 호기심을 불러일으킨다. '나'가 서서히 사건에 연루되는 것은 조가 무서워서가 아니라 조를 좋아하기 때문이고, 조의 부탁을 거절할 수 없어서이다. 조의 매력은 이를테면 독버섯과 같다. 조가 아름다운 것은 단지 외모 때문이 아니라, 그의 세상에 대한 태도 때문이다. 그 진실을 주인공 '나'는 예리하게 포착한다. 조의 '싸늘한 표정', '불량한 걸음걸이', '씁쓸한 분위기'라는 멋진 매력은 조가 여느 아이들과 다른 부분이 있기 때문이다.

'조'의 매력은 바로 보통 아이들이 감히 넘을 수 없는 선을 가볍게 넘은 데에서 비롯된다. 그 아이는 사람들이 소중히 여기는 가치에 무관심하다. '조'의 주변 아이들이 불량하지만 시시해 보이는 것은 그들이 멋지고 쿨하게 선을 넘지 못했기 때문이다. 대부분의 인간은 우리의 미래가 소중할 것이라 믿고, 인생을 지키기 위해 오늘을 견디고 내일을 준비한다. 낙관적이며 긍정적인 희망을 버리지 않으려 노력한다. 그러기에 오늘을 막 살고 싶은 것을 참으며 살얼음판 걷듯 살고 있다. 조는 바로 그런 삶을 비웃는다. 내일은 오늘과 다를 것이라는 믿음을 버린다. 내일을 버려 오늘을 산다. 아니 자신의 전 인생을 버리고 오늘까지도 낭비한다. 자기 자신을 태우는 초처럼 '조'는 자신의 미래를 태워 스스로를 빛나는 존재로 만든다. 중학생 때 모종의 사건에 휘말린 뒤 조용하고 평범하게 살기를 원하던 '나'가 '조'의 부탁에 갈팡질팡하는 것은 '조'의 매력이 그만큼 치명적이기 때문이다.

그 애들은 학교라는 사회에 기생하는 일종의 유명 인사들이다. 보통 아이들은 그 애들처럼 살지 못한다. 그러려면 굉장한 용기가 필요하다. 어떤 선을 넘어야 한다. 다시는 평범한 삶으로 돌아올 수 없는 그들만의 세계로 완전히 들어가야만 한다. 그래서 보통 아이들은 그 애들처럼 살지 못하지만, 그 애들에 관한 소문에는 열광한다.(23쪽)

이렇듯 '조'는 타락한 사회의 숨겨진 진실을 타락한 방식으로 보여 주는 문제적 개인이다. 그렇다면 그를 타락시킨 사회의 자

화상은 무엇일까? 그것은 바로 일정한 울타리 안에 있는 존재를 보호하고 동시에 그것에서 탈락시키는, 서열 사회의 법칙이다. 자본주의적 서열 사회에서는 어떤 이유든 선택된 자와 탈락한 자가 존재한다. 선택과 탈락의 조건과 이유는 다양하다. 이 소설은 굳이 그것을 말하려고 하지 않는다. 다만 소설이라는 거울을 통해 모종의 이유로 탈락하여 타락할 수밖에 없는 처지에 있는 우리 아이들의 모습을 냉정히 비춰 줄 뿐이다.

3. 무의미한 권력 싸움의 승리자 혹은 패배자

조 패거리는 단지 아웃사이더로 머무는 것에 만족하지 않는다. 아웃사이더로 머무는 것은 오늘을 버렸다는 의미, 그 이상도 이하도 아니다. 그 수준에 머물 때 그들은 주목받지 못한다. 그들은 사회에서 버려졌기에 가만히 있으면 그대로 잊히는 존재들이다. 그들은 주목받지 못하고 잊히기 싫다. 생생하게 살아 있다는 것을 보여 주고 싶다. 그들이 주목받는 방법은 단 하나, 사고를 치는 것이다. 그들은 남아도는 시간을 보내기 위해, 혼자서는 칠 수 없는 사고를 모의하기 위해 뭉쳐서 시간을 보낸다. 그들은 혼자 있으면 힘을 잃지만 뭉치면 힘이 생기는 이상한 존재들이다.

우리가 왜 뭉쳐 다니는 줄 알아? 그래야 너 같은 보통 애들한테 겁을 줄 수 있거든. 니들 같은 보통 애들이 겁먹지 않으면 우리가 재미없지. 우리는 보통 애들이 갖기 힘든 걸 가져야 하고, 보통 애들이 생각지 못한 짓을 할 수 있어야 해. 그래서 죽이게 멋있어 보여야 돼. 니들도 우리처럼 되고 싶어서 환장하도록. 우리도 알아. 우리한텐 아무것도 없다는 거. 고등학교 졸업하면 아무것도 아니란 거. 너도 마찬가지잖아. 다만 우리처럼 살 용기가 없는 거지. 너 같은 애들은 미래에 뭐라도 될까 싶어서 꼼짝도 못하지. 우린 안 그래. 우린 미래 따위 생각 안 해. 지금 여기만 생각해. 그러니까 지금 이 순간 갖고 싶은 거 가져야 되고, 하고 싶은 거 해야 돼! (157쪽)

그들은 뭉쳐서 주로 시시하게, 때로는 위험하게 시간을 흘려보낸다. 시시하게 시간을 보낼 때 그들은 한 패거리지만 가끔 서로 편을 나누어 권력 싸움을 벌이기도 한다. 하나의 그룹이 두 개의 유닛(unit)으로 분리된다. 그리고 그것은 위험한 양상으로 진행된다. 마음에 두는 아이를 자신의 편으로 끌어들이거나, 스쿠터 같은 색다른 물건을 손에 넣거나, 때로는 짱이 되기 위한 폭력 투쟁을 벌이기도 한다. 어쨌든 사실은 하나의 덩어리지만 구지구 아이들과 신지구 아이들로 편을 가르고 서로에게 으르렁거리며 권력 싸움을 벌여 그들의 존재를 외부에 확인시키고자 한다.

결론부터 이야기하자면 조와 패거리들이 벌이는 권력 싸움은 철저히 무의미하다. 그러나 이들은 이 무의미한 싸움의 피라미드의 정점에 서기를 욕망한다. 이들의 행동에는 "나 아직 살아 있어"라고 그들의 정체를 내부와 외부에 알리고, "내가 제일 잘 나가는" 모습을 타인에게 보여 주고 싶은 욕망이 작용한다. 프랑스의 인문학자 르네 지라르는 자본주의 사회에서 인간이 추구하는 욕망은 자신의 욕망이라기보다는 타자에 비추어진 욕망이라 분석했다. 인간의 욕망은 사실 '타인이 나를 바라보는 눈'을 의식하면서 주체가 만들어 내는 허상이라는 것이다. 타자라고 여겨지는 허상이 우리의 욕망을 지배하는 순간, 우리 욕망의 현실 감각은 사라지고 판단력은 마비된다. 그리하여 균형 감각을 상실한 욕망은 허영을 증폭하게 되고, 결국은 걷잡을 수 없는 욕망의 희생자가 된다. 조 패거리의 욕망, 즉 권력 싸움에서 "짱"이 되려는 욕망은 타자가 그들을 더욱 강력한 존재로 여기리라는 심리를 반영하며, 타자의 눈을 의식하기에 그것은 언제나 강력하게 극단적으로 전개된다. 그러나 다시 말하지만 그것은 철저히 무의미한 일이다. 그 욕망은 현실에 기초하지 않는 허상이기 때문이다.

그 뒤 많은 시간이 흘렀다. 학년도 바뀌었다.

조가 다시 사거리에 보이기 시작했다. 조는 여전히 두어 명의 패거리를 데리고 다녔다. 하지만 조는 이제 예전의 조가 아니다. 조는 여전히 우리 주위에 있지만 우리를 두렵게 만들지 못했다. 조의 이미지는 평범해졌다. 그뿐 아니라, 조롱거리마저 되었다. (중략) 조가 속한 세계 역시 조롱거리가 되었다. 그애들은 여전히 존재하지만 더 이상 선망의 대상이 아니다. 여전히 자기들끼리 몰려다니고 때때로 분란을 일으키지만, 이제 그 애들은 시시할 따름이다. (224쪽)

이러한 무의미함에 대한 인식은 이 소설의 인물이 고등학생이기에 가능하다. 사춘기 초반 아이들의 일탈은 그 원인이 환경과 어느 정도 연관되어 있다. 그리고 환경과 일탈의 연결 고리가 강해지거나 그로 인해 일탈이 점점 커지는 단계로 접어든다. 그러나 아이들이 고등학생이 되면 이른바 반항과 일탈의 무의미함을 자각하기 시작한다. 청소년의 일탈은 유통 기한이 있고, 성인이 되기 전에 벌이는 마지막 유예의 몸짓이다. 그러기에 하나둘씩 그것의 무의미함을 깨닫게 된다. 이제 습관화된 일탈의 구덩이에 내팽개쳐진 채 빠져나올 수 없는 소수의 아이들만 남는다. 그들의 허세 가득한 몸짓은 더 이상 멋지지 않고 시시하고 우스울 뿐이다. 대단히 무서웠던 아이들이 길거리에 버려진 담배꽁초처럼 시시한 아이들이 된다. 기존 사회의 시각에서 보자면 그들은 타락한 아이들이 아니라 사회에서 탈락한 예비 성인일 뿐이다. 일탈의 유통 기한을 예감한 아이들이 벌이는 마지막 잔치, 그 일탈의 정점에서 노출되는 무의미한 욕망과 시시한 결말을 이 작품은 차분히 보여 준다.

4. 생각하라. 그리고 대화하라

앞서 주인공 '나'가 성장소설 속 문제적 개인이었다는 점을 상기해 보자. '나'는 경계인으로 조의 매력과 그들 싸움의 무의미함 사이에서 깊은 갈등을 겪는다. 그리고 이 갈등에 휘말리는 동안 등장하는 중요한 공간이 있다. 바로 주인공의 원룸이다. '나'가 혼자 살고 있기에 조는 주인공의 원룸에 자주 찾아오고, 이것이 바로 나와 조를 가깝게 해 주는 원인으로 작용한다. 주인공의 원룸은 조가 머무는 아지트가 되면서 주인공을 조의 사건에 연루시키는 역할을 한다. 동시에 주인공은 조가 돌아간 빈 공간에서 항상 이 사건에 대해 생각한다. 혼자 남은 채 골똘히 이 문제를 고민하는 것이다. 즉, 이 공간은 사건의 외부와 내부에 있는 주인공의 상태와 내면을 상징한다. 주인공이 원룸에 혼자 남아 사건에 대해 생각하고 또 생각하여 사건의 반전을 만들어 내는 것, 그것이 바로 이성 즉, 생각하는 힘이 해낸 일이다.

사건의 해결이 결국 '나'의 생각에서 비롯되는 장면은 인간이 성숙해지는 데에 깨달음이 얼마나 중요한 조건인지 보여 준다. 사건의 해결을 돕는 또 하나의 중요한 순간은 '나'와 새아버지의 대화이다. 새아버지와 나는 전쟁 영화 〈트로이〉를 보며 인간들이 벌이는 갈등과 싸움에 대해 이야기한다. 즉, 인간의 싸움, 승리와 패배에 대해 돌이켜 본다. 전쟁을 벌이는 두 나라 간의 전쟁을 보며 새아버지는 지금까지 선과 악이 싸우면 선이 이기고, 착한 정신이 이긴다고 생각했던 '나'의 생각에 대해 이렇게 말한다.

싸움을 겁낸다는 건 죽도록 원하는 건 아니라는 말이지. 다시 말해 이래도 좋고, 저래도 큰 불만 없고. 그런 정신이면 죽도록 원하는 쪽이 이기게 되어 있다. (193쪽)

착한 것과 나쁜 것이 싸우면 최후에는 착한 것이 이길 것이라 믿었던 '나'의 기존 생각은 해피엔딩을 꿈꾸는 어린이적 사고와 권선징악이라는 막연한 도덕률에 기초한다. 우리는 어릴 때 그 세계를 믿는다. 그러나 이상적 관념이 깨어지고 차가운 현실과 만나는 것, 그것을 어쩌면 성장이라 말한다. 착한 것이 승리하는 것이 아니라 이기는 것을 간절히 원하는 사람이 승리하기에 세상은 끝없는 전쟁의 연속이라는 것을 깨닫는 순간, 주인공은 단번에 어른이 된다.

중요한 것은 패배자는 조용히 사라지지 않는다는 점이다. 패배자들은 새로운 복수를 모색한다. 전쟁은 승리와 패배를 가져오고 패배는 복수를 불러온다. 이 소설에서 '조'는 처음에 승리자였으니 패배자가 되고, 패배를 만회할 기회를 노리며 싸움은 반복된다. 최후에 조 패거리는 패배자가 된다. 그들은 싸움에서도 패배자이지만 이 사회에서도 패배자이다. 패배자는 복수를 통해 타인을 해친다. 그러나 그들이 가장 크게 해치는 것은 타인이 아닌 자기 자신이다. 그리고 당사자는 이러한 악의 순환 고리를 끊을 수 없다. 패배자는 패배의 기억이 있는 한 그 안에서 빠져나올 수 없기 때문이다. 따라서 이 사슬을 끊는 것은 '조'가 아니라 '나'가 될 수밖에 없다. '나'는 사건에 연루된 승리자나 패배자가 아니라 경계인이고 관찰자였기 때문이다. 주인공은 이러한 사실을 대화와 생각을 통해 깨닫게 된다. 이 소설은 인간이 왜 인문학적 사고를 훈련해야 하는지, 그 중요성을 이야기한다. 인간이 한 단계 성장하기 위해서는 이성을 통한 각성이 중요하다는 것을 주목한 것이다. 그런 점에서 이 소설은 성장소설인 동시에 인문 소설이다.

이 소설은 주인공 '나'를 독특한 자리에 배치시켜 선과 악을 관찰하게 하였다. 사건 외부에서 사건 내부로, 다시 외부로 시선을 이동하며 날카롭게 들여다본 사건 일지는 조 패거리의 사건과 행동을 추적하는 기록인 동시에 주인공의 성장을 담은 내밀한 일기이기도 하다. 사건 내부에서는 고민하지만 사건 외부에서는 생각한다. 그리고 그것은 궁극적으로 대화를 통해 해결의 실마리 찾기에 성공한다. 청소년 독자 역시 주인공 '나'와 동일한 위치에 놓여 있다. 그들 역시 주인공 '나'가 기록한 이야기를 읽으며 그가 체험하는 삶을 간접 체험하고 선과 악, 그리고 세상의 갈등을 함께 고민하는 경계인이다. 그리고 결국 청소년에게 성장이란 행동부터 하던 존재가 생각하는 존재가 되는 것임을 깨닫게 한다.

오세란
아동 · 청소년 문학 평론가. 충남대학교 초빙교수.
계간 『창비 어린이』 편집위원.
2007년 창비어린이 신인평론상으로 평론 등단.
저서로 『한국 청소년소설 연구』가 있음.

글쓴이의 말

우리가 매일 무심코 하는 말과 행동은
어디에 기원을 둔 것일까, 생각하다 여기까지 왔다.
김혜선 주간과 북멘토 출판사에 감사드린다.

2015년 봄,

박영란

바다로 간 달팽이 015

못된 정신의 확산

1판 1쇄 발행일 2015년 3월 23일 1판 2쇄 발행일 2016년 11월 14일
글쓴이 박영란 펴낸곳 (주)도서출판 북멘토 펴낸이 김태완
편집장 이희주 편집 김성은, 오지숙, 이슬 디자인 황수진, 안상준 마케팅 이용구 관리 윤희영
출판등록 제6-800호(2006. 6. 13)
주소 03990 서울시 마포구 월드컵북로 6길 69(연남동 567-11) IK빌딩 3층
전화 02-332-4885 팩스 02-332-4875 이메일 bookmentorbooks@hanmail.net

ⓒ 박영란, 2015

ISBN 978-89-6319-127-0 03810